체리의 손도장

당도 100퍼센트의 행복

일러두기

이 책의 맞춤법과 외래어 표기는 국립국어원 어문 규정을 따랐으나
저자 고유의 글맛을 살리기 위해 표준어와 다르게 표기한 부분이 있습니다.

도란도란 일상다반사 마님툰 에세이

농도 100퍼센트의 행복

글 정다운 · 올리버 그랜트 그림 정다운

프롤로그

얼마 전 온 가족이 함께 제주도 여행을 다녀왔어요. 제주도는 출장 차 여러 번 가본 곳이라 떠날 땐 큰 기대를 하지 않았어요. 시원한 바다에 발만 담가도 좋겠다는 생각이었죠. 그런데 출장이 아니라 여행이었기 때문일까요? 발길 닿는 곳마다 펼쳐지는 천혜의 자연이 어찌나 기가 막히던지, 제가 했던 생각이 민망해지더군요. 프랑스의 니스, 멕시코의 캉쿤, 태국의 방콕과 푸껫, 바하마와 카리브해 해변, 제가 가본 곳 어디에 견주어도 뒤지지 않을 만큼 제주는 아름다운 곳이었어요. 국내 여행지라는 이유만으로 지역의 가치를 저평가했다는 깨달음과 동시에, 이렇게 좋은 곳인 줄 알았다면 한국에 사는 동안 더 자주 올 걸, 하는 후회가 찾아오더군요.

투명한 바닷물에 머리를 퐁당 담그면 오색찬란한 물고기들이 유유히 헤엄치며 저를 반겨 주었고, 해변의 하얀 모래를 밟을 때는 폭신하고 촉촉한 감촉 때문에 꼭 구름 위를 걷는 것 같았어요. 신나게 수영하고 나온 후엔 새콤한 물회 한 접시를 뚝딱 해치웠죠. 유리처럼 맑은 바다와 싱싱한 해산물을 함께 즐길 수 있다니. 이런 천국이 세상에 또 있을까요?

여행의 즐거움은 이뿐만이 아니었어요. 무심히 계산만 하는 줄 알았는데 만화를 잘 보고 있다며 윙크까지 날리시던 땅콩 아이스크림 가게 사장님, 저희가 가족처럼 느껴진다며 손을 잡고 응원의 말씀을 해주신 공항 직원 아주머니, 체리를 잘 키우는 모습이 기특하다며 호탕하게 웃으시던 할아버지, 체리를 너무 좋아한다며 아이 손에 인형을 쥐여 주고 간 귀여운 아가씨…. 이외에도 가는 곳마다 살가운 미소와 애정 가득한 눈인사를 건네주시던 팬분들 덕분에 매일 설레는 마음으로 눈을 떴어요. 크리스마스 날 아침, 머리맡에 도착한 선물을 뜯어보기 직전의 어린아이처럼 말이에요.

하지만 이런 일도 있었어요. 긴 여행에 발이 피로해진 시어머니 로희 여사를 위해 많이 걷지 않고 즐길 수 있는 유람선을 탄 날이었어요. 예상 밖으로 많은 인파에 갑판 위에선 옴짝달싹도 못 할 정도였죠. 포즈를 취하며 사진을 찍는 사람들 사이에서 멈칫거리던 그때, 한 아주머니가 올리버를 알아보고는 뒷덜미를 낚아챈 후 소리를 지르셨어요.

"저기, 너 유명한 사람 맞지? 내 친구들이 저기 있으니까 따라와! 사진 좀 찍게!"

저는 올리버에게 혼자 다녀오라고 속삭였어요. 제가 주인공이 아니기도 했거니와, 임신 중 찾아온 입덧에 뱃멀미까지 더해져 도저히 사진을 찍을 컨디션이 아니었거든요. 사람들 사이에 끼어 이동하지 못하고 방향만 돌려 서 있었는데, 갑자기 그 아주머니가 제 옆구리를 쿡 찌르시지 뭐예요. 왜 너는 사진을 찍지 않냐면서요. 입덧 때문에 몸이 예민해져서 그랬는지 찔린 옆구리가 유독 시큰거렸어요. 그리고 늦은 저녁까지 내내 그 일을 생각해야 했죠.

기분이 나쁜 건 올리버도 마찬가지였을 거예요. 모르는 사람에게 뒷덜미를 잡혀 끌려가는 일이 유쾌할 리 없으니까요. 하지만 올리버의 반응은 제 예상과 달랐어요.

‘우리에게 따뜻한 기억을 안겨준 사람의 수를 세어 보면 수백 명은 될 거야. 제주에서만도 우리를 도와준 사람이 엄청 많았지. 하지만 불쾌하게 한 사람은 오늘 만난 딱 한 명뿐이었어.’

올리버는 차분하게 이야기를 이어갔어요.

’다만 불쾌한 사건이 우리에게 너무 강렬하게 다가왔을 뿐이야. 그보다는 우리를 행복하게 해준 사람들을 생각해 보자.’

올리버는 저녁 동안 긍정적인 쪽으로 생각을 정리한 것 같았어요. 올리버의 말을 듣자, 아줌마를 험담하고 싶어 들썩이던 마음이 이내 차분해졌어요. 맞아요. 지금까지 우리는 수많은 좋은 사람을 만나 왔어요. 단 한 번 예외가 있을 뿐이었죠. 올리버의 말대로 저희에게 웃음을 준 사람들의 얼굴을 떠올려 봤어요. 그랬더니 금방 감사하고 기쁜 마음이 들더군요. 그러곤 곧 원래의 제 모습으로 돌아왔어요.

어쩌면 우리 인생도 이런 과정의 연속이 아닐까요? 무난하게 좋은 일이 이어지다가, 가끔 안 좋은 일이 생기죠. 그런데 가끔 찾아오는 안 좋은 일이 너무 인상 깊은 나머지, 우리는 온통 그 일에만 정신을 빼앗기곤 해요. 이제까지 있었던 좋은 일은 까맣게 잊어버리죠. 고백하건대, 제가 바로 그런 사람이에요. 근사한 아침 식사에 기분이 좋아져 노래를 흥얼거리다가도, 오후에 찾아온 사소한 나쁜 일 하나 때문에 종일 얼굴을 찌푸리거든요.

그럴 땐 의도적으로 생각을 바꾸려 노력해요. 나쁜 기억이 하루를 망치게 두는 대신, 수많은 행복한 순간을 떠올리죠. 행복한 순간은 특별하지 않아도 돼요. 아침에 체리를 깨우며 맡았던 고소한 정수리 냄새, 오늘따라 맛있게 내려진 아이스 커피의 첫 한 모금, 할리우드 스타라도 만난 것처럼 달려와 인사해 주는 왕자와 공주, 매일 밤 잠자리에서 머리맡, 겨드랑이, 다리 사이에 하나씩 자리를 잡고 누워 골골송을 부르는 세 마리 고양이들, 잠들기 직전 올리버와 나누는 진한 굿나잇 뽀뽀까지.

특별하지 않아서 놓치기 쉬운 장면들을 하나씩 끄집어내 곱씹는 거죠. 그러다 보면 어느덧 밝은 기운을 되찾은 저를 발견하게 되고, 제 내면이 한결 단단해진 기분까지 들어요. 나쁜 일이 제 하루 쥐고 흔들지 못하게 막는 거예요.

많은 분이 제 만화를 사랑해 주시는 이유는, 이런 저의 평범한 일상을 천천히 음미하며 그 속에서 소소한 행복과 재미를 느낄 수 있기 때문 같아요. 실제로 제 만화에는 특별하고 놀라운 이야기도, 기똥차게 화려한 그림도 나오지 않아요. 평범한 인물들이 가정에서 알콩달콩 지지고 볶는 일상, 그 속의 소소한 에피소드를 서툴지만 정성스레 담을 뿐이죠. 이 책에는 그런 에피소드 중에서, 제가 올리버와 연애하고 결혼한 후 미국에 건너가 집을 짓고, 동물 가족들을 맞이하고, 제 딸 체리와 함께 성장한, 평범하지만 따뜻한 이야기를 골라 담았어요. 그리고 만화에 다 담지 못한 이야기는 글로 풀어냈답니다.

책을 보며 빙그레 미소 짓는 여러분의 모습을 내내 상상했어요. 인생에 좋은 일, 행복한 일, 감동적인 일만 있을 순 없죠. 하지만 나쁜 기억보다는 따뜻한 기억을 위해 더 넓은 공간을 내어 주기, 그 정도는 얼마든지 할 수 있지 않을까요? 제 이야기를 읽는 분들이 자신의 일상 속 소중한 순간을 무심코 지나치지 않으면 좋겠어요. 특별하게 여기시면 좋겠어요. 굳이 발견해서, 한 번 더 애정 어린 시선으로 바라봐 주면 좋겠어요. 그렇게 밝은 기운을 얻는다면, 우리에게 찾아오는 나쁜 일은 얼른 털어내고, 자신의 다정한 본래 모습을 되찾을 수 있을 거예요

텍사스 시골집에 사는 사람과 동물들

마님

저는 마님입니다.
우리 집 털애기들의 털 청소와, 빨래 개기,
음식하기와 뽀뽀하기를 담당하고 있습니다.

올리버

저는 올리버입니다.
설거지와 빨래, 마당의 잔디 깎기를
도맡고 있습니다. 마님과 체리의 사랑을 듬뿍 받는
저는 이 세상에서 가장 행복한 남자랍니다.

체리

저는 체리입니다.
하지만 우리 집에서는 저를 께끼라고 불러요.
제가 발음이 안 좋았을 때, 체리 발음을 못 해
께끼라고 부른 것이 온가족의 애칭이 되었죠.

크림

저는 우리 집 첫째 아기 크림입니다.
참외 속 먹는 것을 세상에서 가장 좋아하지요.
한국에 가면 성주의 커다란 참외밭에서
우다다를 할 거예요.

닐라바

저는 우리 집 첫째 아들 닐라바입니다.
원래 이름은 바닐라였지만,
우리 집 노란 머리 인간이 나를 미국식으로
닐라바라고 부른 것이 굳어졌어요.
쥐 잡기가 특기랍니다.

왕자

저는 우리 집 둘째 아들 왕자입니다.
세상에서 가장 잘생긴 진돗개예요.
꼬리의 풍성한 털이 제 매력 포인트죠.
가족들은 제 이름 뒤에 '두'를 붙여 불러주는 것을
좋아해요. 그러면 '왕 자두'가 되거든요.

공주

저는 공주입니다. 한국에서 비행기를 타고
텍사스로 온 후 곧장 왕자님이랑 결혼하고
이 집의 며느리가 되었어요. 그래도 시집살이는
전혀 없어요. 매일 뜨신밥이랑 싱싱한 벌레를
잡아먹으며 행복하게 살고 있습니다.

숯이

저는 숯이입니다. 숯처럼 까만 고양이에요.
자다 깨서 화장실에 갈 때 저를 못 보고
밟지 않도록 조심하세요. 보기에는 아주 귀엽고
사랑스럽지만, 날카로운 발톱이 있거든요.
제가 가장 좋아하는 음식은 김치예요.
엄마 아빠는 못 먹게 하지만요.

차례

1장

2장

너를 껴안으며 나를 안아주었다

3장
세상에서
가장 큰 체리나무

1장

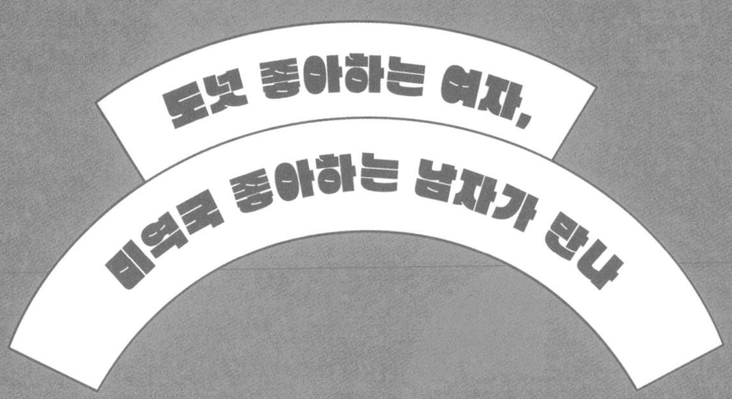
도넛 좋아하는 여자,
미역국 좋아하는 남자가 만나

만나서 반갑다고

올리버와 내가 처음 만난 날...
아일랜드에서 갓 한국으로 돌아옴
한국살이 7년차

여어, 인사해라 내 친구고 이름은 올리버
선배

어?
한국인이 아니시네...

18

아일랜드에서
친구사귈 때 볼 뽀뽀
하는 것에 익숙해진
사람...
음...
그렇다면

안녕하세요...
츄~!
이게 예의인줄...

그런데 알고보니 미국에서도 없는 문화였다... ㅋㅋ
뭐...예요?
성희롱?!
죄...죄송해요

우리의 첫 만남

마님 이야기

때는 2018년 1월. 친한 학교 선배가 근처에서 회식한다는 소식을 듣고 잠깐 들른 그곳에서 처음 올리버를 만났다. 올리버의 머리는 왠지 지금보다 더 밝은 금발이었고, 파란 재킷에 빨간 가방을 멘 모습이 미술 시간에 배운 빨강, 파랑, 노랑 삼원색 표를 연상시켰다. 당시는 내가 아일랜드 유학에 갔다 한국에 돌아온 지 얼마 안 되었을 때라, 금발의 올리버를 보고 나도 모르게 한쪽 뺨을 내밀어 '쪽' 소리를 내었다. 뺨에 쪽 소리를 내며 하는 프랑스식 비쥬는 아일랜드를 포함한 많은 유럽권 나라에서는 아주 흔한 인사법이다.

그런데 황당했다. 쪽 소리가 떨어지자마자 상대방이 온몸으로 화들짝 놀라는 것이 아닌가. 무슨 일인지 이해하려고 봤을 때 올리버는 아주 당황한 듯한 표정을 짓고 있었다. 자존심이 상해 버렸다. 그렇게 기겁하며 놀랄 것은 뭐람. 내가 못 할 짓이라도 했어?

나중에 올리버가 멋쩍게 웃으며 하는 말이, 자기는 한국에 산 지 7년째라 '유교보이'가 다 되었단다. 그래서 처음 보는 여자의 스킨십에 깜짝 놀랄 수밖에 없었다고. 특히 예쁜 여자가 통성명도 하기 전에 뽀뽀를 하려고 하다니, 꿈을 꾸는 것 같았다고. 참 나, 이 사람 좀 웃긴 사람이네. 생긴 건 곱상해가지고 아저씨처럼 능청스럽게 말하는 올리버의 유머 코드에 나는 웃음을 크게 터트릴 수밖에 없었다.

올리버의 시선

마님을 처음 만난 날은 마법 같았다. 마님은 1년간 외국에서 살아봤기 때문인지 외모와 말투가 다른 나를 '낯선 외국인'보다는 그저 조금 '다른 사람'으로 바라봐 주는 것 같았다. 첫 만남인데도 전에 만나본 사람처럼 친근했고, 아무런 어색함이 느껴지지 않았다. 나는 끊임없이 새로운 이야기를 꺼냈고 시간이 가는 줄 모르고 대화를 이어나갔다. 솔직히 너무 오래전 일이라 어떤 내용이었는지 정확히 기억나진 않지만 많이 웃었던 기억만큼은 선명하다. 한참을 웃으며 대화하다 서로 빵 터진 순간이 있었는데, 그 순간에 '이 여자와 사귀고 싶다'라고 생각한 것도 기억난다. 그렇게 우리는 몇 차례 데이트를 했고, 이야기가 잘 통한 덕분에 짧은 시간에 가까워졌다.

미국에서는 연애하자고 고백하는 일이 한국만큼 보편적이진 않다. 특별한 고백 없이도 서로 알아가면서 자연스럽게 관계를 확인하기 때문이다. 사귀자는 말을 건네는 건 중고등학생 때나 주로 하는 귀엽고 조금은 유치한 행동이다. 왜였을까? 유치해 보일지라도 마님에게는 사귀자는 말을 꼭 하고 싶었다. 우리가 만난 지 한 달쯤 되던 날, 마님에게 쪽지 한 장을 내밀었다.

"나랑 사귈래? 네/아니요 중 선택하세요."

작게 접어 건넨 쪽지에 대한 마님의 대답은 물론 '네'였다.

우리
엔조이야?

"외국인 남친인데 걱정 안 돼요?"

"너를 그냥 엔조이로 생각할 수도 있으니까 조심해."

올리버를 만난 지 얼마 안 되었을 때, 지인들에게서 이런 말을 종종 들었다. 외국인이 한국 여자를 쉽게 만난다는 이미지가 있어서인지 걱정이 되었나 보다. 이런 말을 들을 때 마음이 전혀 동하지 않았다면 거짓말이다. 그냥 흘려들을 수도 있었겠지만 쉽게 그러지 못했다. 하루 종일 머릿속에 '엔조이'라는 단어의 잔상이 남아 괴로웠다. 어느 날은 올리버에게 그냥 대놓고 물어봤다.

"올리버, 우리 엔조이야?"

그 질문을 던졌을 때 내 머릿속에 펼쳐진 시나리오는 이랬다. "당연히 아니지"라는 대답이 돌아오고 이내 내 기분은 밝아진다. 그리고 올리버와 나는 사랑스러운 데이트를 한다.

하지만 실제로 돌아온 대답은 예상과 전혀 달랐다. 올리버가 "응. 엔조이 맞아"라고 대답해 버린 것이다. 그 순간 친구들의 염려는 확실한 사실이 되었다. 나를 순식간에 충격의 도가니로 몰아넣은 잔인한 대답이었다.

흥분한 나는 왜 엔조이냐고 따져 물었고 올리버는 크게 당황했다. 몇십 분 동안 말싸움을 한 후에야 올리버가 '엔조이' 단어를 영어 뜻 그대로 '즐겁게 시간을 보내는 것'이라고 해석해 오해가 생겼다는 사실을 알게 되었다. 나는 크게 안도의 한숨을 내쉬었다.

"하하… 언어 차이로 인한 단순한 해프닝이었네! 그럼 이제 맛있는 저녁을 먹으러 가자!"

그런데 올리버에게는 단순한 해프닝이 아니었다. 그제야 상황을 제대로 이해한 올리버는 잔뜩 상처받은 눈으로 물어왔다. "내가 너를 그렇게 가벼이 생각했을 거라고 의심했구나. 그 친구는 내가 미국인이라는 거 말고는 나에 대해 아무것도 알지 못하잖아. 어떻게 날 한 번도 만나보지 못한 친구의 말을 믿은 거야?"

내가 대답할 말을 바로 찾지 못하자 올리버는 "내가 한국인 남자친구였다면 그런 오해를 받았을까?" 하며 속상해했다. 내가 올리버 입장이었어도 충분히 상처받을 만한 상황이었다. 올리버를 '나의 남자친구'가 아니라 '외국인 남자친구'라고 생각한 스스로가 너무 잔인하고 나빴다.

환경, 나이, 인종, 국적, 직업, 학벌 등 특정 조건으로 어떤 사람에 대해 넘겨짚거나 판단할 때, 우리는 그걸 편견이라고 부른다. 편견이 모든 경우에 틀리진 않더라도 사랑의 영역에 들어오면 서로에게 상처 줄 수 있다는 사실을 그날 크게 느꼈다. 그날 이후로 나는 사랑의 영역에서는 편견이라는 옷을 홀라당 벗으려고 한다. 그리고 올리버와 7년째 제대로 '엔조이' 중이다.

비 오는 날의
로맨스(?)

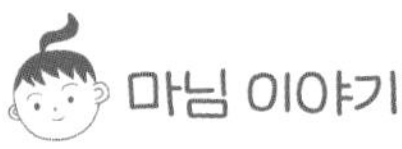

비가 억수같이 쏟아지는 날이었다. 막 퇴근한 터라 몸은 지칠 대로 지쳤고 배도 무척 고팠다. 우산을 들고 지하철역까지 나를 마중 나온 올리버는 그날따라 말이 없었다. 어딘가 불편하고 불안해 보였지만 '올리버도 나처럼 배가 고픈 걸까' 하고 대수롭지 않게 여겼다.

어두침침한 올리버의 자취방에 들어섰을 때 어깨와 바지는 우산 아래로 들이친 빗물로 쫄딱 젖은 채였다. 서둘러 양말을 벗자 빗물이 뚝뚝 떨어졌다. 창밖에서는 여전히 후두둑 하고 무거운 빗소리가 들려왔다. 그때였다. 올리버가 급하게 가방에서 뭔가를 꺼내더니 나에게 내밀었다. 붉은색의 작은 상자였다.

"이게 뭐야?"

"열어봐."

올리버가 떨리는 목소리로 대답하며 상자를 건네주었을 때, 내 손에 살짝 닿은 올리버 손은 빗물인지 땀인지 알 수 없는 물기로 축축했다. '아… 혹시, 설마…?' 나는 조금 당황스러웠다. 영화와 드라마에서 줄기차게 보던 프러포즈 장면과는 너무 달랐으니까. 로맨틱한 무드라고는 조금도 느껴지지 않았다.

그래도 희망을 버릴 순 없었다. 혹시 이 상자를 열 때 마법이 시작되는 걸까? 상자를 여는 순간 아름다운 보석이 반짝이고, 올리버가 무릎을 꿇고 나에게 사랑스러운 목소리로 결혼하자고 하는 걸까? 좋아, 그럼 나는 예스! 하며 뽀뽀를 해줘야지! 있는 기대 없는 기대를 모두 끌어모아 잔뜩 감동받을 마음의 준비를 했다. 한 번 심호흡을 한 후, 상자를 딸깍 열었다.

그런데 이게 뭐야? 귀걸이었다. 반지가 아니었다. 아, 그럼 프러포즈가 아니라 그냥 선물 주는 건가? 하지만 나는 귀를 안 뚫어서 귀걸이를 할 수 없는데…. 어리둥절한 표정으로 올리버를 보았다. 올리버의 입에서 영원히 기억에 남을 로맨틱한 말이라도 나오기를 기다렸다. 그런 내 반응에 올리버가 땀을 삘삘 흘리면서 하는 말.

"어… 이거 프러포즈 맞아."

그게 다였다. 말문이 막힌 나는 올리버가 그다음 말을 해주기를 기다렸지만 올리버는 금방이라도 울 것 같은 표정을 지을 뿐이었다. 그러고는 내 손에 든 귀걸이 상자를 빼앗듯 가져가 버렸다.

"이거 없던 걸로 해. 다 없었던 일이야!"

올리버는 울먹거리는 목소리로 소리치더니 화장실에 들어가 문을 쿵 닫아버렸다.

우리가 연애를 하는 1년 동안 자연스럽게 마님과 함께하는 미래

를 그리게 되었다. 때때로 결혼을 주제로 대화도 나눴다. 나는 마님이와 함께하는 결혼 생활이 진심으로 기대됐다. 내가 결혼을 해야 한다면 꼭 이 여자와 해야겠다고 생각했다. 그만큼 마님에 대한 확신이 있었다.

하지만 결혼 과정에는 솔직히 자신이 없었다. 고등학교를 졸업하자마자 한국 생활을 했기 때문에 한국의 결혼 문화를 전혀 몰랐고 동시에 미국의 결혼 문화도 잘 몰랐다.

프러포즈는 대체 어떻게 하는 걸까? 어디서 해야 할까? 무엇을 준비해야 하지? 주위의 한국 친구들에게 물어보니 남자가 집을 준비해야 한다고 했다. 그때까지 초등학교에서 일하며 전 재산이 고작 몇백만 원밖에 되지 않았던 나에게는 비현실적인 이야기였다. 프러포즈에 필요한 반지 이야기도 막막하기는 마찬가지였다. 미국에서는 많은 남자가 자신의 월급의 3배가 넘는 가격의 다이아몬드 반지로 프러포즈를 한다. 그러니까 프러포즈 반지의 다이아몬드 크기가 바로 남자의 경제적 능력을 의미하는 것이다.

내 능력으로 살 수 있는 다이아몬드의 크기는 얼마나 될까? 보나마나 눈곱만큼 작겠지. 그러면 마님이가 크게 실망할 수도 있겠다. 그리고 커다란 반지를 낀 다른 사람이 마님이를 무시할지도 몰라. 하지만 내 경제적 상황이 그렇게 좋지 않다고 말하기에는 자존심이 너무 상하는데… 나는 그런 생각을 하며 매일 마님 몰래 주얼리가 진열되어 있는 백화점 1층을 돌아다녔다.

그러다 우연히 귀걸이를 봤다. 내가 살 수 있는 가격이었다. 그리고 반지가 아니라서 다른 사람과 비교될 일도 없을 것 같았다. '이거야! 이걸 사면 머리 아프고 자존심 상하는 프러포즈 단계를 빨리 해치워 버릴 수 있겠다.' 들뜬 마음에 뒤도 돌아보지 않고 귀걸이를 결제했다.

하지만 내 생각은 틀렸다. 귀걸이를 받은 마님은 크게 실망한 것 같았다. 그날 알았다. 마님이 원하는 건 커다란 다이아몬드가 박힌 반지가 아니었다. 다이아몬드처럼 영원히 기억할 수 있는, 우리만의 프러포즈 추억이었다.

다음 날 나는 백화점으로 달려가 귀걸이를 환불했다. 그리고 작고 소박하지만 예쁜 다이아몬드 반지를 하나 샀다. 그날 저녁 연애 초반에 자주 가던 칵테일 바에 간 우리. 로맨틱한 분위기가 무르익었고, 마님도 기분이 좋아졌는지 이런저런 이야기를 했다. 하지만 좀처럼 대화에 집중할 수 없었다. 주머니 속 반지를 언제 꺼낼지 타이밍을 재느라 정신이 없었기 때문이다. 어느새 비어버린 칵테일 잔 앞에서 마침내 반지를 내밀었다. 심장이 터질 것 같았다.

"나랑 결혼할래?"

마님은 크게 미소 지었고, 곧장 "응!" 하고 대답했다. 마님의 손가락에 작은 반지를 끼워줬다. 마님은 반지가 너무 예쁘다고, 마음에 쏙 든다고 했다. 반지를 끼고 기뻐하는 마님이 정말로 예뻐 보였다.

엄마의 사위 사랑(?)

연애 6개월 차에 처음으로 연애 사실을 고백했는데...
엄마, 나 사실 남친 있는데 울산 내려갈 때 같이 가도 되나?
?!
뭐라꼬? 그래...그래라

다소 캐주얼(?)하게 생각했던 나와 반대로...
뭐... 만난지 6개월 밖에 안 됐고 결혼 생각은 좀 이르지 않나?
당시 28살

엄마의 생각은 완전히 달랐나보다.
혼기가 찬 딸이 데려온다니까
왕 진지-
결혼 상대라는 뜻 아니겠나...

그래서 예비사위 맞이(?) 성대한 큰 상을 차리셨는데..
No many food...
But many eat...
(차린건 없지만 많이 먹어요)
와!
감사합니다

그런데 엄마 눈에 자꾸만 떠던 것이 있었으니...
너무나 낯선
파란 눈동자..
마시쪙...
빛과 각도에
따라 반짝거리는
금색 털

그날 밤 엄마는 쉽사리 잠에 들지 못하셨는데...
에휴...
끄응...

엄마... 왜?
올리버가 맘에
안 들었어?
솔직하게
말해 봐...ㅎ
내는 있다
아이가...

내는 티비 바깥에서
백인은 처음 봐가지고
눈도 시퍼렇고 낯설고
도깨비 같데이...
적응이 잘
안되노...
그랬구나
도깨비 ㅋㅋ...

그래도 내일은
겉모습 대신
마음에 집중해
보는 게 어때?
피부색은 달라도
그 아래 흐르는
피 색은 같거든...

나도 아일랜드에서 피부색이 어둡다고 사람들이 날 다르게 보면 얼마나 상처가 되었다구… 같은 사람인데 말이야
아… 그랬구나…

다음날 아침, 엄마는 올리버를 보고 처음으로 환하게 웃으셨다.
어머니! 어머니가 끓여주신 청국장 너무 맛있어요!
한그릇 더 먹어도 될까요?
깨
끗

피부색은 달라도 입맛은 똑같은 사람이라는 것을 느끼셨나 보다.
기다려봐레이, 항금 퍼 줄게! (가득 퍼 줄게)
머씨마, 잘 묵는거 억수로 맘에 드네ㅋㅋ

35

올리버,
하얀 원숭이?

마님 이야기

평생 한국에 살면서 해외 경험을 한 번쯤 해보고 싶었던 나는 저금통장과 퇴직금을 탈탈 털어 아일랜드에 갔다. 당시 스물 여섯 살이었던 나는 지금 돌이켜 보면 굉장한 인종차별주의자였다. 구체적인 예를 들자면 나를 무시하는 아일랜드 사람에게 열등감이 폭발해 '꼴에 본인이 백인이고 유럽 사람이라고 나를 무시하는 건가? 황당하군! 나는 한국 사람이고 한국은 아일랜드보다 GDP가 훨씬 높은 나라인데 한국인을 무시하면 안 되지!'라고 은연중에 생각한다든가, 같이 일하는 동료 중 나보다 피부색이 어두운 사람을 밝은 사람보다 좀 더 편하게 대하는 식이었다.

하지만 이후 1년간 다양한 인종의 사람과 부대끼면서 피부색이 아니라 그 사람 자체를 봐야 함을 배웠다. 국적이나 피부색이 어떤 사람의 성품이나 지위를 보여주진 못했기 때문이다. 지난날 부끄러운 태도의 원인이 무엇이었는지 성찰해 봤는데, 아무래도 '경험 부족'인 것 같더라. 20년 넘게 한국에서 나와 비슷하게 생긴 사람들만 만나왔고, 다른 인종의 사람들과 깊게 교류한 경험이 전혀 없었다. 개인적인 경험이 없다 보니 자연스럽게 타인의 경험과 편견만 머릿속에 가득 들어차 있었다.

그래서 엄마가 올리버를 처음 본 날 꼭 '하얀 원숭이' 같다고, 같은 인간이 아닌 것 같다고 했을 때 나는 크게 놀라지 않았다. 엄마에게 피부가 흰 사람을 접해본 경험이 전혀 없다는 사실을 알았으니 말이다. 긴장과 걱정에 차가워진 엄마의 손을 잡고 나는 '피부색이 아니라 사람을 봐봐'라고 말씀드렸다. 피부가 검거나 희어도 그 아래 흐르는 피는 똑같다는 말도 덧붙였다.

다행히 내 말이 엄마에게 잘 통했던 것 같다. 엄마는 다음 날 아침부터 조금 열린 태도로 올리버를 대해주셨고, 눈부터 손끝까지 다시 올리버를 천천히 바라보기 시작했다. 같이 보낸 시간이 많아질수록 엄마의 우려는 눈 녹듯 없어졌다. 더 이상 엄마는 햇빛 아래에서 반짝이는 올리버의 털을 낯설어하지 않는다. 이제 올리버를 한 가족의 일원으로 사랑해 주신다. 친정에 갈 때마다 올리버가 좋아하는 청국장을 손수 끓여 내오시는 게 그 증거다.

올리버의 시선

우리가 연애할 때 이야기다. 한참 서로를 잘 알게 되었을 쯤 마님이 내게 울산에 같이 가자고 했다. 아마 나를 부모님에게 자연스럽게 소개하고 싶었던 것 같다. 그렇게 타게 된 울산행 리무진 버스. 나는 겉으론 괜찮은 척했지만 잔뜩 긴장해 있었다. '결혼도 안 했는데 여자친구 부모님 댁에서 잠을 자도 되나? 한국 문화인가? 아닌 것 같은데… 이 상황을 불편해하시진 않을까?'

버스에서 내려 마님의 부모님 댁까지 걸어가던 길, 나는 마님에게 부모님이 외국인을 만나보신 적 있는지 물었다. 마님은 아마 없을 거라고, 처음인 것 같다고 대답했다. 외국인을 한 번도 만나본 적 없는 분들이라고? 나는 전보다 조금 더 긴장했다. 낯선 외국인을 보고 깜짝 놀라시지는 않을지 걱정이 앞섰기 때문이다.

하지만 내가 엘리베이터에서 내렸을 때 어머님은 환한 미소로 나를 반겨주셨다. 내 커다란 코나 피부에 대한 언급은 전혀 없으셨다. 자연스럽게 나를 이끌어 집 안 곳곳을 소개하신 후 곧바로 맛있는 한국 배를 꺼내 주셨다. 정성스럽게 깎인 배를 먹으며 대화를 나누는 동안 어머님은 나를 특별하게 대하지 않으셨다.

그때 아버님이 집에 들어오셨다. 당시 나는 학교에서 근무하고 있었는데 교장 선생님을 만나는 기분으로 자리에서 벌떡 일어나 90도로 인사를 드렸다. 아버님은 크게 웃으시고, 마찬가지로 자연스럽게 나를 대해주셨다. 나는 언제 긴장했었냐는 듯 마음이 편안해졌다.

한참 후 마님은 그때 부모님이 당황하고 어색해하셨다는 이야기를 들려주었는데, 그때도 전혀 상처받지 않았다. 당시 나는 어색함을 전혀 느끼지 못했고 부모님의 마음 또한 눈치채지 못했기 때문이다. 마님의 부모님은 처음 보는 외국인인 내가 낯설었음에도 나를 존중하고 배려하는 마음으로 담담히 대해주셨다. 그 마음을 깨닫자 오히려 더 감사할 뿐이었다.

아빠의 속앓이

우리 아빠는 전형적인 경상도 사나이
엄청 과묵함
자네가 내 딸 남자친구?
감정 표현이 매우 서툼

여보세요, 아빠?
... 니 요새 누구 만나노?
누구 만나긴,
올리버 만나죠ㅋㅋ
...니 아직도 금마(?)랑
만나나?
에...? 왜요?

아빠는 대답하는 것을 한참 주저하더니...
니 쫌 올리버 금마랑
헤어져뿌면 안되나?
(헤어지면 안되겠니?)

...
네?

알고보니 둘이 처음 만나고 다음날 아침...
남자라면 자고로
같이 땀을 흘리면서
깊은 대화를 하는 거야
아버님이 왜
나만 데리고
산에 오셨지?

그리고 정상에 도착하자 마자 엄청 빠른 사투리로...
자네...
난제 우리
딸내미랑
(나중에 우리 딸이랑)
개룬할낀가?
(결혼 할 거야?)
?!

그런데 그것을 동거로 알아들은 올리버는...
절대로
안 할 겁니다!
NO~
NO~
걱정하지
마세요

그렇게 아빠는 큰 충격을 받고...
이... 이 짜식이 내 딸래미를
재미로 만나?

한달 동안 끙끙 앓은 것이었다.
딸내미가 몹쓸 미국인에게 속고있어
여보! 술또 자셔?!

딸내미한테 말 할까, 말까...
평화로운 거짓이냐, 끔찍한 진실이냐, 그것이 문제로다...
끙끙...

미국인 남편과
경상도인 아빠

조금 쌀쌀한 날이었다. 커다란 외투 속 올리버의 손과 깍지를 끼고 횡단보도를 건너고 있었다. 그때 전화가 왔다. 발신자는 아빠였다. 나는 조금 놀랐다. 무뚝뚝한 성격에 웬만한 내 안부는 엄마를 통해 들으시는 아빠가 나에게 직접 전화하는 일은 일 년에 손에 꼽을 만큼 적기 때문이다. 무슨 긴박한 일이라도 생긴 걸까? 화들짝 놀라 전화를 받았다.

"니... 잘 있지? 니 요즘 누구 만나노? 아직도 니 올리버 금마랑 만나나?"

살짝 흥분이 묻어나는 목소리. 이날은 아빠에게 올리버를 소개한 지 몇 달이 지난 뒤였다. 아직 올리버와 만난다는 대답에 아빠는 잠시 침묵했다. 그 침묵에 숨겨진 뜻을 짐작조차 하지 못한 나는 영문도 모른 채 한참 동안 말없이 핸드폰을 들고 있어야 했다. 아빠는 몇 번 헛기침을 하더니 조심스러운 말투로 마침내 하고 싶었던 말을 내뱉었다. 올리버와 헤어지면 안 되냐는 것이었다.

나는 그냥 웃음이 터졌다. 아빠가 나를 신경 써주고 있다는 생각에 감사한 마음이 드는 동시에 뜬금없이 헤어지라는 말에 적잖이 당황했다. 이야기는 이랬다. 지난번 올리버와 함께 울산에 갔을 때, 아빠는 올리버와 둘만의 자리를 만들었다. 그러고는 짐짓 진지한 태도로 올리버에게 나와 결혼할 계획이 있는지 물었는데, 올리버가 차갑게 절대 아니라고 선을 긋더란다. 알고 보니 아빠의 투박한 사투리와, 빠른 말투에 당황한 올리버가 결혼이란 단어를 동거로 잘못 듣고 대답한 에피소드였다.

아빠는 자기 딸이 외간 남자의 가벼운 연애 놀잇감(?)이 될지도 모른다는 생각에 얼마나 마음을 졸였을까? 혹시나 내가 상처받을까 바로 말하지도 못하고, 내 눈치를 보며 몇 날 밤을 혼자 끙끙 앓았을지도 모른다. 나는 사건의 정황을 파악하고 아빠의 오해를 풀어드리려 열심히 해명했다. 웃음을 참느라 정말 힘들었다. 하지만 아빠는 좀처럼 의심을 풀지 못하겠는지 웃지 않으셨다.

이후로도 한참을 차갑고 무뚝뚝했던 아빠가 올리버에게 다시 미소를 띠기까지는 6개월이 걸렸다. 아빠 앞에 무릎을 꿇은 올리버가 "결혼하고 싶어요" 말을 꺼내자마자 아빠는 만개한 접시꽃처럼 활짝 그리고 크게 웃으셨다.

아빠와 올리버에게는 이 사건이 다소 멋쩍은 기억으로 남은 것 같지만, 나는 아직도 이 에피소드를 수다 소재로 꺼내기를 좋아한다. 그때 순진하기 그지없던 새신랑 올리버와 접시꽃처럼 활짝 웃던 아빠의 미소를 다시금 떠올려 보고 싶기 때문이다.

나의 5만 원짜리 웨딩드레스

결혼을 하겠다고 부모님께 공표한 뒤, 가장 먼저 결혼식 예산을 정했다. 아직 큰돈을 모으지 못한 우리에게 화려한 결혼식은 사치였다. 그렇게 잡은 예산은 딱 500만 원이었다. 많은 부부가 한다는 '스드메(스튜디오 촬영, 드레스, 메이크업)'를 똑같이 하기에는 한참 부족한 돈이었다.

비용을 아낄 방법을 고민하던 중, 우연히 해외 사이트에서 5만 원 정도 하는 드레스를 찾았다. 5만 원이라고는 믿지 못할 만큼 품질이 좋아 보였다. 이 기회를 놓치면 안 되겠다는 생각으로 바로 주문했다.

하지만 도착한 드레스는 사진과 달리 영 이상했다. 허리는 남았고, 팔도 굉장히 헐렁했다. 가격이 5만 원인 데에는 이유가 있었던 것이다. 절망적이었다. 다른 드레스를 구할 수도 있었겠지만 결혼식까지 시간이 얼마 남지 않았고 금전적인 여유도 없었다. 수소문 끝에 찾은 수선집에서는 드레스 비용의 몇 배가 넘는 수선비를 요구했는데, 별다른 방법이 없어 울며 겨자 먹기로 그곳을 찾았다.

수선만 하면 아주 예쁠 테니 걱정 말라는 말을 반복하던 올리버. 그 긍정적인 기운이 통했다고 해야 할까? 커튼 뒤에서 수선 선생님이 옷핀으로 드레스를 잡아주셨을 때, 10분 전까지도 울적했던 내 기분은 180도 바뀌었다. 팔의 라인과 허리선이 드러나자, 초라했던 드레스가 마법처럼 근사한 드레스로 탈바꿈하는 것이 아니겠는가!

예쁜 드레스를 입은 모습을 보면 올리버가 엄청 놀란 표정을 짓겠지? 피팅 룸에서 웨딩드레스를 입은 여자 주인공에게 뿅 반한 표정을 지어 보이던 수많은 영화와 드라마 속 남자 주인공의 얼굴을 떠올렸고, 그 위에 올리버의 얼굴을 겹쳐 상상해 보았다. 기대감에 부푼 채 커튼을 열자, 올리버의 눈과 내 눈이 정면으로 마주쳤다. 나는 자신 있게 외쳤다.

"올리버, 어때? 예뻐?"

그런데 반응이 이상하다. 올리버가 충격받은 듯 땀을 흘리며 내 눈을 피하는 게 아닌가?

"뭐야? 왜 내가 드레스를 입은 모습을 좋아해주지 않아? 정말 결혼한다고 생각하니 갑자기 무서워진 거야? 아니면 내가 드레스 입은 모습이 그렇게 꽝이야?"

나는 올리버의 반응을 이해하기 위해 취조하듯 속사포처럼 질문을 쏟아냈다. 하지만 올리버는 계속 도망가듯이 나를 피했다. 결국 우리는 싸움(?)을 결판내지 못한 채 돌아오는 버스에 몸을 실었다. 나란히 앉은 우리 사이에 한참 동안 아무 대화도 오고 가지 않았다. 드레스 입은 내 모습을 보고 난처해하는 신랑에게 무슨 말을 하겠는가?

그런데 갑자기 올리버가 용기 낸 듯 입을 열었다. 생각해 보니 미국 영화에서는 남자 주인공이 웨딩드레스 탈의실 앞에 서 있는 장면을 본 적이 없는 것 같단다. 알고 보니 미국에서는 결혼식 전에 신랑이 웨딩드레스 입은 신부 모습을 보면 복이 나간다는 미신이 있다고 한다.

그렇다. 서로의 문화가 달라서 빚어진 황당한 오해였다. 올리버는 식 전에 드레스 입은 내 모습을 보고 잔뜩 놀라고 당황했던 것이다. 앞으로 한국 문화를 더 잘 이해해서 나를 화나게 하지 않겠다는 올리버의 말에 조금 전 화난 마음이 눈 녹듯 녹아내렸다.

"그나저나 드레스 입은 내 모습을 봐버려서 어떻게 해? 우리 복이 다 나가버릴까?"
"아니야. 여기는 한국이잖아. 복은 우리가 직접 만들면 돼."

우리는 그런 이야기를 하며 다시 사이좋게 손을 잡았다. 한국과 미국의 문화는 분명 다른 점이 많고, 때로는 그런 차이 때문에 오해가 빚어질 수도 있다. 하지만 그건 큰 문제가 아니다. 이렇게 차분하고 다정한 대화만 있으면 어떤 오해든 하하 호호 웃으며 풀어낼 수 있을 테니까.

172cm의 키로 한국에서 살면
왜 원피스 시켰는데 티셔츠가 되냐...
아놔...
니 똥꾸멍 보인데이

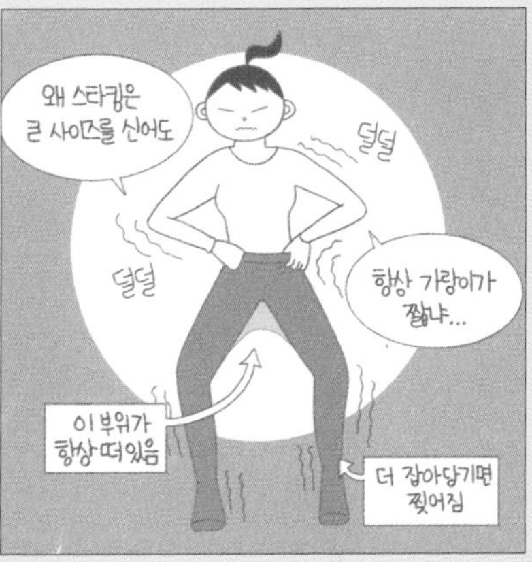
왜 스타킹은 큰 사이즈를 신어도
덜덜
덜덜
항상 가랑이가 짧냐...
이 부위가 항상 떠있음
더 잡아당기면 찢어짐

바지 입은 날에는
왜 앉았다 일어나기만 하면 발목이 춥냐...
바지 입으면 무릎으로 쏠려서 발목이 노출됨

그래도 야, 니
코쟁이 나라(미국)에 가면
옷 사기 좋지 않겠나
사각
사각
음…
그러려나?

그런데 실제로 미국에 가보니…
저기
가보자!
미국에는 키 큰 사람이
많으니까 옷 사는 것도
더 쉽겠지?

감탄한 것도 잠깐…
마른 몸매와
큰 몸매의 마네킹이
공존
오! 역시 몸매의
다양성을 중시하는 나라!!

직접 입어본 미국의 옷은...
엥? 스몰도 나에게
엄청 크네...?
?
심지어 인생에서
스몰사이즈를
처음 입어봄...

심지어 스몰은
재고가 없잖아...?
S,M은
콩알만큼...
XXL가
젤 많음
4XL 3XL XXL XL L MS

MALL
아이고...
저런
히잉...
여전히 커...
겨우 XS 재고
하나 건짐

XS이
좋은 것도 잠시

어릴 때부터 나는 남들보다 한 뼘 정도 컸다. 교실에서 내 자리는 항상 맨 뒷자리였다. 중학생 때 천 원짜리 지폐를 내고 버스에 타면 성인으로 오해받아 거스름돈을 못 받는 경우도 많았다. 성인이 되었을 무렵에는 무려 172cm에 달하는 장신 여성이 되었다. 요즘은 내 큰 키를 장점으로 봐주는 사람이 많지만 예전에는 콤플렉스로 여겼다. 명절 때마다 오랜만에 만나는 친척에게 너무 커서 징그럽다는 이야기를 들어야 했고, 대학생 때는 굽이 있는 신발을 신고 학교에 갔다가 남자 선배들에게 보기에 부담스럽다는 볼멘소리도 듣곤 했다.

무엇보다 옷을 고르는 일이 가장 힘들었다. 아기자기한 보세 옷

집의 원피스는 내게 죄다 티셔츠가 되어버렸고 청바지는 턱없이 짧아서 겨울엔 발목만 하얗게 트곤 했다. 그럴 때면 옷에 몸을 억지로 끼워 맞춘 느낌이었다.

"코쟁이 나라 가면 옷 사기는 참 좋겠다."

미국에 가게 되었을 때, 엄마가 내게 한 말이다. '그러게, 미국에는 옷 사이즈가 더 다양하고 많으니까 내 키가 문제 되지 않겠지? 더 재미있게 쇼핑할 수 있겠다!' 나는 잔뜩 기대에 부풀었다.

하지만 그것이 순진한 환상이었음을 깨닫는 데는 단 며칠도 걸리지 않았다. 예상했던 대로 미국의 옷들은 컸다. 그것도 아주 많이 컸다. 한국에서 항상 L사이즈를 입던 내가 미국에서는 무려 XS 사이즈를 입어야 했다. 그런데 대부분의 의류 회사가 미국인 평균 사이즈인 M, L, XL 사이즈를 주로 만드는 탓에 나에게 맞는 XS 사이즈 옷을 찾기란 너무 어려운 일이었다.

'아담한 체형'이 된 상황이 처음에는 묘하게 기분 좋았다. 하지만 원하는 옷을 사지 못하는 상황을 몇 번 겪고 나니 결국 짜증이 났다.

불편을 겪는 건 나 혼자만이 아니었다. 이 에피소드를 만화로 올리자 미국에 사는 많은 한국인이 공감의 댓글과 메시지를 주셨다. 애초부터 청소년 옷 코너에 간다는 이야기부터, 따로 작은 몸을 위한 사이즈가 있는 브랜드를 이용한다는 이야기까지… 옷 사이즈에 몸을 끼워 맞춰야 하는 건 미국도 마찬가지구나 싶어 조금 서글퍼졌다. 남들과 조금 다르더라도, 모든 체형의 몸이 존중받을 수 있으면 좋겠다.

뿌꾸빵
과
볶음밥

국제결혼의 가장 큰 치명적인 단점은...
한치 두치 세치 네치
뿌꾸빵!
뿌꾸빵!
?
두치와 뿌꾸
오프닝 부르는 중

가끔 어린시절의 공감대가 부족하다는 것...
저게 대체
무슨 노래지?
블랙핑크
신곡인가?
*참고로 미국에는
그런 만화가 없었음

참고로 두치와 뿌꾸란... 90년대 초딩들이 열광한 만화영화
한치 두치 세치 네치♪
뿌꾸빵♪

57

그래도 그 덕에 재미있는 일도 생긴다.
올리버... 뭐해?
마님이 주려고 볶음밥 만들어
치이~
엥? 웬 볶음밥?

아까 볶음밥 먹고 싶다고 노래 부른 거 아니었어?
* 빠꾸빵이 볶음밥으로 들림

푸핫! 그걸 그렇게 듣다니ㅋㅋ
냠♥
아무튼 너무 마시쪄

58

우리 사이의 다름을
좋아하는 법

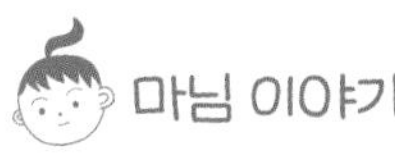

"한 치 두 치 세 치 네 치, 뿌꾸빵, 뿌꾸빵"

80년대 후반에 태어난 나의 어린 시절에 꽤 인기 있었던 '두치와 뿌꾸' 만화의 주제가 중, 후렴구 부분이다. 문득 어린 시절을 떠올리다가, 그때 즐겨 부르던 노래를 무의식적으로 흥얼거렸다. 어른이 된 입에서 유치한 가사가 나오자 나도 모르게 웃음이 새어 나온다. 이런 점에서 음악은 참 재미있다. 멜로디를 조금 흥얼거렸을 뿐인데 그때 친구들과 누비던 동네의 골목길 풍경과 불량식품을 사 먹던 오래된 문방구의 퀴퀴한 냄새가 선명히 떠오르는 걸 보면 말이다.

아쉬웠다. 올리버가 한국인 남편이었다면 내가 흥얼거리는 소리에 바로 맞장구치며 반응해 줬을 것이다. 그러고는 자신은 그 시절에 어떤 딱지를 치며 친구와 시간을 보냈는지, 어떤 불량식품 과자를 특히 좋아했는지, 어떤 말썽을 피워 선생님께 꾸지람을 들었는지 시간 가는 줄 모르고 수다를 떨었겠지. 하지만 올리버는 갑자기 그게 무슨 노래인지 아리송하다는 표정으로 나를 쳐다볼 뿐이다.

그래. 어린 시절을 나와 다른 문화권에서 보낸 네가 이 노래를 이해할 리 없지. 아무리 열심히 설명해도 그때 그 감성, 그 느낌을 올리버에게 오롯이 전달할 순 없을 것이다. 이렇게 어린 시절 추억을 쉽게 공감하지 못한다는 건 참 아쉬운 일이다. 어리둥절해 하는 올리버의 표정을 보며, 누군가 국제결혼의 가장 큰 단점을 말하라면 나는 주저 없이 이런 점을 꼽게 될 것 같다고 생각했다.

그날 저녁 시간, 주방에서 딸그락거리는 소리가 들렸다. 올리버가 오늘 저녁 식사는 본인이 준비하겠다며 분주하게 야채와 밥을 볶고 있었다. 서툰 칼질 때문에 크기가 제각각인 당근과 양파

조각들이 왠지 귀엽다. 그런데 웬 볶음밥이냐는 나의 질문에 올리버가 눈을 동그랗게 뜬다.

"아까 네가 볶음밥 먹고 싶다고 노래까지 불렀잖아."

알고 보니 내가 흥얼거린 "뿌꾸빵 뿌꾸빵" 하는 가사가 올리버 귀에 "볶음밥 볶음밥"으로 들렸단다. 그걸 그렇게 듣다니! 그리고 정말 볶음밥을 만들어 주다니! 가사를 잘못 이해하고 볶음밥을 만들어야겠다고 생각한 올리버의 고운 마음씨가 고마우면서도 귀여워서 웃음이 터져 나왔다.

이렇게 둘만의 재미있는 추억이 또 생겼구나. 어린 시절 추억을 쉽게 공감할 수는 없지만 국제결혼 커플만이 만들 수 있는 즐거운 추억이 있구나. 그것이 우리 결혼의 큰 장점이구나. 그렇게 탄생한 볶음밥은 정말 맛있었다. 한 톨도 남기지 않고 접시를 싹싹 비웠다.

올리버의 시선

"아홉 살 때 인생 처음으로 햄버거를 먹어봤어."

마님이 먹고 있던 햄버거를 잠시 내려놓더니 내게 말했다. 마님이 아홉 살 때 그 동네에 처음으로 햄버거 가게가 생겼다고 했다. 가게가 문을 열던 날 그 동네 모든 꼬마들이 햄버거 맛을 보기 위해 긴 줄을 서야 했다고도 했다. 마님 역시 그 꼬마들 중 하나였는데, 달큰한 불고기 버거를 처음 맛보고는 너무 맛있어서 눈이 튀어나오는 줄 알았단다. 놀라운 이야기였다.

이게 끝이 아니었다. 마님은 피자를 열 살이 넘어서 처음 먹어봤다고 했다. 당시 마님 주변의 어른들이 '이태리 찌짐'(찌짐은 부침개를 뜻하는 경상도 사투리다)이라고 부르던 피자는 어린 마님을 놀라게 하기 충분했던 모양이다. 한 입 물면 주욱 늘어나는 치즈가 너무 신기했던 마님은 피자 치즈를 요리조리 늘려가며 먹느라 시간이 가는 줄 몰랐다고. 그때를 회상하던 마님의 얼굴에 행복한 미소가 번졌다.

마님은 내게 언제 처음 햄버거와 피자를 먹어봤냐고, 그때의 기분이 어땠냐고 물었다. 글쎄, 아마 한 살이나 두 살 때쯤, 너무 어릴 때라 전혀 기억이 나지 않는다. 이야기를 하고 나니 마님이 조금 부러워졌다. 이렇게 맛있는 음식을 먹은 첫 순간을 기억할 수 있다는 건 멋진 일이다. 그런데 나는 그 중요한 순간을 기억하지 못하다니, 얼마나 슬픈 일인가?

하지만 얼마 지나지 않아서, 내게도 마님과 비슷하면서도 특별한 추억이 있다는 사실을 알게 되었다. 바로 인생 처음으로 떡볶이를 먹어 본 날의 기억이다. 열한 살 때, 우리 학교에 교환 학생으로 온 한국인 친구가 나를 자기 집으로 초대한 적이 있다. 그때 친구 어머니가 만들어주신 떡볶이는 빨간 소스로 반짝반짝했고 달콤했고 따뜻했고 쫄깃했다. 지금 생각해도 입 안에 침이 고일 만큼 정말 맛있었다. 이렇게 나는 떡볶이를 처음 먹은 순간을 강렬하게 기억하고 있다. 요즘도 떡볶이를 먹을 때마다 그때 그 떡볶이가 떠오를 정도다.

그런데 마님은 처음 떡볶이를 먹어본 순간이 기억나지 않는다고 했다. 너무 어릴 때라서 기억할 수 없다고. 아이고 안타까워라,

이렇게 맛있는 음식을 처음 먹어본 순간을 기억하지 못하다니.

그러고 보니 마님과 나는 크게 다르지 않다. 태어난 곳이 다르고, 음식 문화가 다르긴 하다. 마님은 햄버거와 피자를 특별하게 추억하고, 나는 떡볶이를 특별하게 추억한다. 하지만 단지 음식의 종류만 다를 뿐, 경험하고 추억하는 방식은 별반 다르지 않다. 이렇게 생각하니 우리 사이의 다른 점보다는 비슷한 점에 더 집중하게 되고 감사하게 된다. 앞으로는 또 어떤 새로운 음식을 마님과 함께 먹게 될지, 그리고 그 음식과 함께 어떤 재미있는 추억을 쌓을 수 있을지 기대된다.

너라고
부를게

올리버와 나는 둘 다 용띠 동갑이다. 그래서 처음 만났을 때부터 친구처럼 지냈고, 자연스럽게 서로를 '너'로 부르게 되었다. 결혼하고 난 이후에도 쭉 친구 같은 관계가 이어져 계속 '너'라는 호칭을 사용했다. 그런데 영상에서 내가 올리버를 '너'라고 부르는 것을 보고 불편한 감정을 내비치는 사람이 꽤 많았다. 철이 없어 보인다거나 남편을 존중하는 호칭으로 바꿔 부르는 게 좋겠다는 피드백을 받았다. 그런 댓글이 한두 개가 아니고 여럿이 되자 깊은 생각에 잠기게 되었다.

정말 그런가? 내가 해외에서 살다 보니 너무 무신경해진 걸까? 주위에 동갑내기 부부가 없어서 인터넷으로 다른 부부들의 사례를 찾아봤다. 실제로 남편을 '너'라고 부르는 것이 누군가에게는 가볍게 느껴질 수 있다는 걸 알았다. 조금 어색하더라도 올리버에게 '너' 대신 '당신'이나 '여보' 같은 호칭을 써봐야겠다고 마음을 먹었다.

그런데 예상 밖으로 이런 생각에 난색을 표하는 사람 역시 더러 등장했다. 남 시선을 신경 쓰지 말고 계속 너라고 부르라는 의견도 있었고, 왜 올리버가 아내에게 '너'라고 하는 것은 문제 삼지 않으면서 반대의 경우만 문제가 되냐는 의견까지 등장했다.

그러게, 왜 올리버가 나에게 너라고 부르는 건 문제가 되지 않았을까? 부부 관계에 대한 오랜 고정관념 때문은 아니었을까? 아내가 남편을 올려다보는 모습이 남편을 존중하는 것으로 좋게 비쳐왔던 것 같다. 그런 가운데 내가 의도치 않게 그런 편견을 깨고 있었는지도 모른다. 남모를 고민이 깊어지는 사이 사람들은 '너라고 불러라'와 '호칭을 바꿔라'의 의견으로 더 팽팽하게 대립했다.

이내 두근거리는 마음을 가다듬고 생각해 봤다. 우리가 서로를 어떻게 부르고 어떤 방식으로 사랑하는지는 나와 올리버, 지극히 둘만의 일이다. 그런데 다른 사람들 의견에 귀를 기울이고 신경 쓰다 보니 괜히 더 어려워지고 혼란스러워진 것이다. 내가 올리버를 부를 때 쓰는 '너' 안에는 우정과 사랑과 남편에 대한 존중이 가득 담겨 있고, 올리버도 그것을 잘 안다. '너'를 포기하기에는 그 안에 담긴 우리만의 사랑스러운 추억이 너무 많다. 결국 우리는 다른 사람들 앞에서는 조심할지라도, 단둘이 있을 때 계속 서로를 '너'라고 부르기로 했고 지금까지도 서로를 '너'라고 부른다. '너'라는 호칭은 우리 둘 사이에서 사랑을 표현하는 특별하고 소중한 언어다.

어떤 그리움

어느날 올리버와 장보고 나오던 길...
거기, 잠깐 뭐 하나 물어봐도 되나?
(뜬금없이...)

네?
뭐, 뭔데요?
모르는 할아버지가 갑자기 왜...?

자네, 중국인인가?
쩌렁! 쩌렁!

나는 순간 그 백인 할아버지의 거친 말투에 긴장했다.
백인 + 보수적인 시골 = 뉴스에서 보던 인종차별?
오들
오들

저희 와이프는 한국사람인데 무슨 일이시죠?
!!
후다닥

오! 한국인?
??
HA!
HA!
난 또 중국인인 줄 알고 말이야

70

내 며느리가 중국인이라서
자네를 보고 며느리 생각이 나서
말을 건네봤네...
사실 코로나
때문에 아들내외
못 본지 꽤 되는구먼
거의 1년이
넘어가...

올해 크리스마스에는
볼 수있을지...
며느리를 위해
중국어도 연습
중인데...
훌쩍~

나는 왠지 부끄러워졌다.
그럼 좋은하루...!
인종과 분위기만으로
착한 아저씨를 섣불리
인종차별주의자로
오해했구나...
정말 죄송하다...

어느 할아버지를 위한 바람

"요즘 미국에 인종차별 심하다는데 조심해라." 71

한국에 계신 엄마가 보낸 메시지였다. 뉴스에서 미국의 각종 인종차별 사건을 접하고 내가 걱정되었나 보다. 실제로 코로나가 미국에서 큰 이슈가 되면서 인종차별과 관련된 기사가 쏟아지던 때였다. 마스크를 쓰고 다닌다는 이유만으로 행인을 구타하는 사건, 동양인을 상대로 한 언어폭력 사건 등등….

동네 마트에서 장을 보고 나오던 어느 오후였다. 키 큰 할아버지 한 분이 내 앞을 막아 서더니 높은 언성으로 어느 나라에서 왔느냐, 중국에서 오지 않았느냐며 물어왔다. 그의 얼굴은 뜨거운 햇

볕에 그을려 빨갛게 익어 있었고, 거친 회색빛 수염 끝자락이 가벼운 바람에 흔들리고 있었다. 뉴스에서 보던 '보수적인 시골 할아버지'의 외모와 말투 그대로였다. 뉴스에 나오던 장면이 나에게도 일어나는 건가? 덜컥 겁이 나며 순간 머리가 하얘졌다.

하지만 할아버지의 그다음 말을 듣고서는 맥이 탁 풀려버렸다. "우리 며느리가 중국인이라네. 자네를 보니 며느리 생각이 나서 그랬네…."

할아버지는 자신의 며느리가 얼마나 고운지, 아들과 얼마나 살 어울리는지 등 이야기보따리를 풀기 시작했다. 그의 목소리는 호탕하고 유쾌했지만 어쩐지 서글프게 들렸다. 오랫동안 대화 상대가 없었던 사람의 외로움이 느껴졌다.

나는 부끄러워졌다. 외모와 말투만으로 상대를 판단한 스스로가 오히려 차별주의자 같다고 느꼈기 때문이다. 인종차별에 대해 이야기할 때, 우리는 '상대가 피부색만으로 나를 판단하지 않았으면 좋겠다'고 생각하지만 동시에 다른 인종에 대해 섣불리 판단하는 실수를 저지른다. 게다가 상대방이 내 피부색을 보지 않기를 바라면서, 동시에 스스로를 '동양인'으로 단순하게 규정짓고 타자화하기도 한다. 그런 타자화는 다른 인종이 '동양인'을 더 만만하게 보거나 함부로 대할까 겁먹는 일로 이어지기도 한다. 아마 나도 그중 한 사람이었던 것 같다.

내 생각을 아는지 모르는지, 할아버지는 다가오는 크리스마스에는 아들 내외를 볼 수 있으면 좋겠다며 이야기를 이어갔다. 아들 내외를 떠올리는 그의 얼굴에는 씁쓸한 미소가 번져 있었고, 그 미소를 보니 나도 먼 한국에 있는 부모님이 그리워졌다. 긴 이야기를 끝낸 할아버지는 가벼운 인사를 하고 멀어졌다. 그의 뒷모습을 바라보며, 올해 아들 내외를 만나고 싶은 그의 소망이 꼭 이루어졌으면 좋겠다고 생각했다.

기념일

마님아, 오늘
무슨 날인지 알아?
후훗~
?
으,응...?

뭐지...?
내가 잘 모르는
긁적...
긁적...
미국
기념일인가?

오늘이 네 번째 결혼기념일이야!
여기 꽃다발이야
와아...
고,고마워

나를 위한 선물은
뭐야~?
하하…
그…그건 바로

체리야!!!
만세!!!
최고야!!!

체리 없이 보내는
마지막 결혼기념일이네?
후훗… 그러네
올해도, 내년도 사랑해

4년,
40년

눈을 뜨자마자 올리버가 핸드폰을 확인하더니 오늘이 무슨 날인지 아냐고 물어본다. 내가 모르는 미국의 국경일이나 휴일인가 했는데, 우리의 결혼기념일이었다. 4년 전 오늘, 딱 지금과 같은 무더운 날씨에 올리버의 손을 잡고 넓은 결혼식장의 한가운데를 걸었다.

우리의 결혼 생활을 돌이켜 보면 항상 일과 돈과 시간에 쫓기며 살았다. 결혼하자마자 일과 이민 준비, 집 짓기에 빠져 제대로 된 허니문도 가지 못했다. 지난 결혼기념일에도 잠깐 시간을 내 외식한 것이 전부였고, 코로나가 기승을 부리던 이 시기에는 집 밖에 거의 나가질 않았으니 시간이 가는 줄도, 계절이 바뀌는 줄도 모르고 살았다. 다행히 올리버도 그런 눈치였다. 우리는 당황스러운 눈빛을 주고받으며 멋쩍게 웃었다.

오후쯤이 되자 올리버가 예쁜 꽃다발을 사 왔다. 올해는 코로나 때문에 저녁 외식도 불가능해져 미안하다는 말과 함께. 혹시라도 내가 실망했을까 눈치를 살피며 걱정하는 모습이 내 눈엔 마냥 귀엽다. 특별한 이벤트는 없지만 4년 동안 변함없는 사랑을 보여준 것만으로도 올리버에게 고마운 마음이었다.

며칠 전에 장 본 재료들을 꺼내 토마토 스파게티를 만들었다. 베이컨과 치즈, 양송이를 넣은 평범한 메뉴였지만 나를 행복하게 만들기엔 충분했다. 배 속에선 체리가 무럭무럭 자라고 있었으니, 단둘이 보내는 마지막 결혼기념일이자 체리와 함께 보내는 첫 번째 결혼기념일이었다.

"집에 오랫동안 붙어 있으니까 짧은 외식보다 좋네!"

올리버가 웃었다. 코로나 때문에 제약이 많았지만, 시간에 쫓기지 않아 느긋했고 사랑스러운 동물 식구들과 함께였으니 오히려 풍족했다. '4년이 빨리 지나갔으니까, 40번째 기념일도 금방이겠지' 하는 올리버의 말이 나를 더욱 기쁘게 했다. 언제까지나 이렇게 함께 행복한 시간을 보내자는, 변치 않을 약속처럼 들렸기 때문이다. 곧 태어날 배 속 아이에게 들려줄 이야기가 또 하나 생긴 순간이었다.

텍사스 숲속 마당 딸린 집에 살기까지

우리의 신혼 생활은 서울의 7평짜리 오피스텔에서 시작되었다. 침대와 옷장, 책상이 들어가면 꽉 차는 좁은 공간에 두 살림을 합치기란 만만치 않은 일이었다. 웨딩 촬영을 하려고 치장한 날, 배경에 정리되지 않은 책과 물건들이 눈에 띈다.

웨딩 촬영 날

당시 우리 부모님은 '그래서 너희 딸 신혼집은 어디로 했노?' 하는 친구들의 질문에 가장 곤란해하셨다. 어디 유명한 아파트, 좋은 동네라고 대답하지 못해 조금은 속상해하셨다. 하지만 나는 작은 신혼집이 그렇게 신경 쓰이지 않았다. 당장 상황이 녹록지 않을지라도, 설령 거센 파도가 내 인생을 덮칠지라도, 올리버와

영상 촬영 날에는 바닥에 앉아 끼니를 때우기 일쑤였다.

함께한다면 모험처럼 즐거울 것이라는 믿음이 있었기 때문이다.

1년 뒤에는 12평 오피스텔로 이사했다. 나와 올리버 모두 원래 다니던 직장을 그만두고 유튜브 영상 제작에 전념한 기간이었다. 주기적으로 올리던 영어 교육 콘텐츠와 미국 문화 콘텐츠가 눈에 띄었는지, EBS에서 프로그램 제작 제의도 받게 되었다.

두 가지를 병행하며 월화수목금토일 하루도 쉬지 않고 일에 매달려야 했다. 새벽 늦게까지 컴퓨터 앞에 앉아 있다가 그대로 책상 앞에서 잠이 들고, 동이 트면 다시 이어서 일을 하는 일상이 반복되었다. 작은 의자 하나 놓을 공간도 부족했기에 집에서 촬영하는 날에는 바닥에 앉아 빵으로 끼니를 때우기 일쑤였다. 그 순간을 기쁘게 추억할 수 있게 된 지금, 과거 우리 자신의 노고에 참 감사해진다.

촬영 중 목을 축이는 올리버

올리버와 결혼한 후, 처음으로 텍사스 시

댁에 놀러 간 날이었다. 시부모님은 기다렸다는 듯 주변 땅과 집들을 탐방하듯 보여주셨다. 넓은 시골 땅의 집들은 한국에서 본 집들보다 훨씬 저렴했다. 내 눈빛을 읽은 시아버지는 직접 집을 지어줄 수 있다고 우리를 유혹하기 시작했다. 홀린 듯 구매한 땅은 한 평에 고작 500원이었다.

처음 텍사스에 방문했을 때

평당 500원짜리 땅에 집터를 잡은 모습. 하트를 그려 보이는 우

우리 뒤로 한 평에 500원짜리 집터가 보인다.

차근차근 올라가던 시골집

리 뒤로 집의 바닥이 될 부분이 보인다. 막 터를 잡고 공사를 하루 앞둔 이날 우리는 무척 흥분해 있었다. 평생 어떤 공간도 소유해보지 못한 우리에게 땅을 갖고 집을 짓는다는 건 조금은 겁이 날 만큼 크고 대단한 경험이었다. 약간은 더 어른이 된 것 같은 기분이었다.

너를 껴안으며
나를 안아주었다

우리 집 보디가드

왕자님을 처음 만났을 때...
재 꼬리 좀 봐봐...
아유... 귀여워...

기분 좋으면 한 쪽으로 말림
얇고 귀엽다♥
꼭 돼지꼬리 같으네ㅋㅋ

그로부터 3주 후
통통~
꼬리에 살 오른 것 좀 봐...
흐아♥

ㅋㅋㅋ
잠깐!
이제는 엉덩이가
살짝 탄
토스트 같은데?
ㅋㅋㅋ

그리고 3년이 훌쩍 지난 현재
늠름

이제는 체리의
보디가드가 되었어
너무 든든해♥

87

가장 멋진 진돗개

왕자는 진돗개다. 진돗개는 한국과 달리 미국에서는 매우 흔치 않은 종으로, 올리버는 한국에 살던 시절 처음으로 진돗개를 알게 됐다고 했다. 그리고 그때 유기견 문제를 접했다고 했다.

유독 강아지를 사랑하는 올리버는 우리가 연애하던 중에도 주말에 시간을 내어 유기견 보호센터에 찾아가 청소를 도와주곤 했다. 그런데 올리버는 봉사활동을 하고 돌아온 날 종종 상기된 표정으로 답답한 마음을 토로했다. 진돗개들의 멋지고 근사한 모습을 보고 돌아올 때면 당장 그 아이들을 입양할 수 없는 원룸살이 현실이 더욱 속상하다는 것이었다.

결혼을 하고 시간이 흘러, 우리는 텍사스에 직접 집을 지었다. 오랜 시간 끝에 완성한 우리 집은 앞으로 생길지도 모를 자식과 반려동물이 다 함께 살아도 넉넉한 크기였다.

“집 진짜 크다! 이제는 강아지 키워도 되겠네!”

넓은 집에 감탄하며 튀어나온 내 농담은 잠시 접어두었던 올리버의 진돗개 사랑에 불을 지폈다. 주인을 따르는 충성심, 정사각형 모양을 이루는 균형 잡힌 신체, 지방 없이 다부진 체격, 무엇보다 인간의 계획적인 육종을 거치지 않고 자연 선택으로 완성된 건강한 면역력. 사랑하던 첫 반려견을 건강 문제로 일찍 떠나보냈던 올리버에게는 자연교배로 튼튼하고 건강한 진돗개의 몸이 무엇보다 매력적으로 보였나 보다.

그렇게 우리는 첫 강아지 왕자를 입양했다. 미국에 하나뿐인 진도 목장에서 온 왕자를 처음 만난 순간, 단박에 아주 특별한 강아지임을 알아봤다. 왕자는 내 눈을 지그시 보더니 ‘아하, 당신이 나와 평생 같이 살 주인이군요’ 하고 말하는 듯했다. 살짝 탄 토스트처럼 거뭇했던 작은 아기 강아지와 함께 산 지 어느덧 3년. 누구보다 의젓한 우리 집의 보디가드 왕자는 그때부터 매일 소중한 하루하루를 안겨주고 있다.

오 나의 공주님

컨테이너 박스에서 남매들과 평생을 보낸 공주...
똥밭에 서 있어도 어쩜 빛이 나!
너무 귀여워

직항 비행기도 취소되고, 기내 강아지 수화물 서비스도 취소되었지만...
비행기가 안 온다고요?
비행기에 강아지를 태울 수가 없다고요?
*참고로 이때는 코로나 시국...

아무도 우리를 막을 수 없었다.
이... 이제 그만 울어 눈이 터지겠어 직접 LA로 가자! 운전 내가 할게
흑흑... 공주... 올리버 20시간 운전 괜찮겠어?

그렇게 시작한 머나먼 여정...
우리는 텍사스에서
3시간...
공주는 인천에서
10시간...
LA

그리고 드디어 만났다!!
흐앙,
네가 공주구나
울어서 부은 눈이
더 심해짐ㅋ

흐앙, 평생동안
사랑해줄게♥
이제 좀 그만
울라고!!

우리 집에 잘 왔어

공주를 키우기로 마음먹은 데에는 사실 왕자의 역할이 크다. 강아지와 교감할 줄 모르던 나에게 사랑을 알려준 왕자. 반짝반짝 빛나는 눈으로 매일 아침 나를 바라보는 이 아이는, 작은 동물이지만 언젠가부터 내 마음속에서 별보다 큰 존재감을 뽐내고 있다. 왕자의 작은 발을 만지고 머리를 쓰다듬을 때면, 어김없이 한국 유기견 센터에서 만난 진돗개들이 생각났다.

사실 왕자를 만나기 전부터 유기견을 입양하고 싶은 마음은 내내 갖고 있었지만, 코로나 바이러스가 만든 장벽 때문에 반쯤 포기한 상태였다. 한국에서 내가 사는 텍사스로 오는 직항 비행기가 없었기 때문에 입국을 하려면 LA 공항을 통해야 했는데, LA

는 텍사스에서 무려 20시간을 운전해야 갈 수 있는 곳이었다.

하지만 왕자가 얼마나 총명하고 똑똑한 아이인지 알게 될수록, 한국에 있는 아이들에 대한 죄책감이 커졌다. 왕자와 같은 강아지들이 작은 케이지에 갇혀 집을 찾는 처지에 있다고 생각하니 매일 밤 눈물이 흘러나왔다. 매일 같이 퉁퉁 부은 눈을 보고, 올리버가 잘 때만은 제발 유기견에 대해 그만 생각하라고 부탁할 정도였다.

결국 우리는 힘든 장벽을 넘어보기로 마음먹었다. 함께라면 할 수 있을 것 같았다. 한 봉사자 선생님을 통해 도살장에서 엄마를 잃고 컨테이너에 갇혀 오직 서로에게 기대어 지내고 있다는 네 남매의 소식을 듣게 되었고, 그중에서 가장 작고 약한 아이를 데려오기로 했다. 네 남매 중 한 아이를 골라야 한다는 사실에 죄책감이 들어 며칠 동안 또 울었다는 건 공공연한 비밀이다.

머나먼 LA에서 만난 공주는 갈색의 선한 눈과 분홍빛 코를 가진 아름다운 아이였다. 오랜 비행 탓에 지치고 불안해 보이는 공주의 목 주위로 조심스럽게 내 팔을 둘렀다. 이 포옹으로 부디 나의 마음이 공주에게 전해지기를 바라며 조용히 속삭였다.

"우리 집에 잘 왔어 공주야. 평생 사랑을 약속할게."

* 추신 다행히 공주를 입양한 이후로 홍보에 불이 붙어 다른 남매도 모두 집을 찾았어요. 신기하게도 모두 미국에 있는 가정집으로 입양을 가 행복하게 지내고 있답니다. 한번은 필라델피아와 캔자스에 입양 갔던 공주의 오빠들이 텍사스에 놀러 와 공주를 만난 적이 있었어요. 타지에서 오랜만에 만나는 오빠들이라서 공주가 알아볼까 궁금했는데, 금방 냄새로 알아보고 함께 달리고 노는 모습을 보여줬답니다. 악몽 같은 기억에서 벗어나 다 같이 행복하게 뛰어노는 모습을 보니 마음이 정말 뭉클했습니다.

가끔 내가 멍때리고 있으면...
쪼자압-
헤헤
먹방...♥

머아아...
머하응거아...
ㅋㅋㅋ

그런데 공주도 누워서 멍 때리면...
발라당-

ㄲ개물
ㄲ개물

재네 왠지 우리를 닮은 것 같아
그러게…ㅋㅋ

북미로 갈 예정이 있다면 강아지 이동봉사를 고려해주세요
비용도 안 들고 작은 관심으로 한 생명에게 집을 찾아줄 수가 있어요!!
뿌듯함과 배부른 마음은 덤!

사랑받는 왕자와 조심스러운 공주

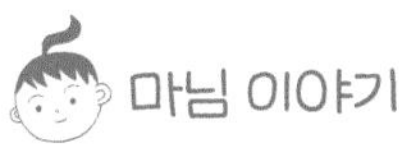

마님 이야기

왕자는 사랑을 주고받는 일에 아주 익숙하다. 올리버와 내가 자신을 사랑하는 건 하늘이 파란색인 것만큼 당연하다는 듯 언제나 여유 있는 표정과 자세로 우리의 손길을 받아들인다. 심지어 사랑을 거절하는 데에도 거침이 없다. 쓰다듬는 내 손길이 귀찮거나 피곤하면 홱 돌아서 버린다. 지금 잠깐 애정을 거절하더라도, 자신을 향한 내 사랑이 변하지 않을 것임을 확신하기 때문인 것 같다. 그래서 왕자에게는 잔소리하기가 어렵지 않다. 왕자가 뛰어다니다가 컵을 깨트리는 날에는 "이노무짜식!"이라는 말이 편하게 나온다.

반면 사랑받는 일이 처음인 공주는 모든 것이 조심스럽고 황송하다. 공주에게 사랑한다고 말을 건네면 '나도 사랑해요' 대신 '감사해요'라는 대답이 돌아오는 느낌이랄까. 내가 주는 사랑이 좋아 어쩔 줄 몰라 하는 동시에, 혹시나 엄마의 마음이 변하기라도 할까 걱정하는 눈치다. 그래서 공주에게는 작은 잔소리도 하기가 조심스럽다. 조금이라도 잔소리를 하려고 표정을 굳히면 자신이 사랑받지 못할까 겁먹는 모습을 보이기 때문이다. 유년 시절 받은 상처가 하루 만에 사라지지는 않나 보다.

하지만 세상에 영원한 건 없다는 말처럼, 공주의 상처도 영원하지 않으리라 믿는다. 오늘은 아침으로 우유에 시리얼을 말아 먹는데, 내 다리 아래서 공주와 왕자가 장난을 치며 놀고 있었다. 왕자가 공주의 볼을 깨물며 애정 표현을 하자 공주의 눈빛이 반짝였다. 둘은 얼마 전 결혼식을 올리기도 한 정식(?) 부부인데, 공주는 이제 남편의 사랑을 받는 데 꽤나 익숙해진 모습이다. 우리 곁에서 사랑을 듬뿍 받으며 공주가 조금씩 변하고 있음을 느낀다.

"공주 말이야, 사랑받으니까 더 예뻐 보이는 것 같아." 그 모습을 지켜보던 올리버가 말했다. 나는 정말 그런 것 같다고 답하며 웃었다. 공주야, 사랑받는 게 당연하다고 느낄 때까지 더 많은 사랑을 줄게. 더 예뻐지자!

올리버의 시선

마님은 공주가 사랑받는 일을 황송해하고 어색해하는 모습이 웃기다고 한다. 이렇게 예뻐하는데 어쩔 줄 몰라 하는 모습이 귀엽다고 웃는다. 그런데 나는 그런 마님의 모습이 웃기다. 마님도 공주와 마찬가지이기 때문이다.

나는 매일 마님의 예쁜 모습을 보고, 그때마다 내 감정을 솔직하게 표현한다. 지금 마님의 모습이 너무 예쁘다고. 오늘은 특히 더 예쁜 것 같다고. 그런데 그 이야기를 들은 마님은 뜬금없이 무슨 소리를 하는 거냐며, 마치 화난 고양이처럼 홱 돌아서 가버린다. 한 번도 예쁘다는 내 말을 곧이곧대로 받아들이는 법이 없다.

언젠가 마님과 미국과 한국의 문화 차이를 주제로 이야기하다가, 마님이 내가 하는 예쁘다는 칭찬이 견디기 어려운 문화 차이 중

하나라고 속마음을 터놓았다. 객관적으로나 주관적으로나 아주 아름다운 편이 아닌데, 자꾸 예쁘고 아름답다고 하니 황당해서 내 말을 어떻게 받아들여야 할지 모르겠다고 했다.

오히려 내게는 마님의 반응이 더 황당했다. 마님은 왜 내 마음을 곡해하고 무시하는 걸까? 나는 마님이 너무 예뻐 보여서 연애하고 결혼했다. 사랑하니까 예뻐 보이는 건 당연하다.

시간을 두고 생각해 보니 마님이 내 마음을 일부러 부정하는 게 아니었다. 그냥 어릴 때부터 예쁘다는 얘기를 자주 듣지 못해 어색할 뿐이다. 그런 점에서는 공주와 꼭 닮은 마님이다. 그렇다면 공주에게 하는 것과 똑같이 마님에게 해주면 되겠다. 우리가 공주를 예뻐하고 귀여워해 주듯이, 매일 쓰다듬어 주고 사랑을 주듯이, 마님에게도 그렇게 해야겠다. 마님아 조금만 더 참아봐. 곧 예쁘다는 말이 익숙해질 테니까.

왕자와 함께 공원을 걸을 때면 항상 사람들의 주목을 받는다. 붙임성이 있는 사람들은 가까이 다가와 무슨 종인지 묻기도 한다. 왕자가 워낙 잘생기기도 했지만, 미국에서 보기 힘든 견종이라 특히 더 많은 주목을 받는 것 같다. 그럴 때마다 올리버는 친절하게 한국 국견이며 진돗개임을 알려준다. 반복되는 질문과 대답에 귀찮을 만도 한데, 올리버는 한 사람 한 사람에게 진돗개를 소개하는 과정이 즐거운 눈치다.

그런데 미국에서도 진돗개를 키우는 사람이 아주 없는 건 아니다. 간혹 우리처럼 한국에서 구조해 온 진돗개를 키우는 미국인들이 있고, 인터넷에서는 진돗개 견주들의 커뮤니티도 찾아볼 수 있다. 사람들이 올리는 사진이나 경험담을 보는 재미가 아주 쏠쏠한데, 귀여운 사진들 중에서도 가장 반응이 좋은 사진은 잠자는 진돗개 사진이다. 체온을 유지하기 위해서라고 하는데, 야생성이 강한 늑대의 피가 흐르고 있음을 증명하듯 하나같이 늑대나 여우처럼 몸을 똘똘 만 모습이다.

그런 모습이 담긴 진돗개 사진에는 항상 #Jindonut(진도넛)이라는 해시태그가 달려 있다. 몸을 말고 자는 모습이 꼭 도넛 같아서 'Jindo'와 'Donut', 두 단어를 합쳐 만든 말이란다. 그 짧고 귀여운 단어 안에 진돗개를 사랑스럽게 바라보는 미국인의 시선이 녹아 있다.

"왕자는 시나몬 도넛 같고, 공주는 글레이즈드 도넛 같네!"

침대 옆에 자리를 차지한 황금색 왕자와 새하얀 공주가 눈에 들어온다. 여느 때처럼 몸을 똘똘 말고 자는 모습이 영락없는 진도넛이다. 달콤한 도넛처럼, 매일의 일상을 달콤하게 만들어주는 진도넛들. 녀석들 덕분에 우리의 저녁 시간은 지루할 틈이 없다. 이렇게 사랑스러운데, 세상 모든 사람이 진도넛의 매력을 알게 되는 건 시간문제일 거야. 코 잠이 든 왕자와 공주의 이마를 양손으로 쓰다듬으며, 세상 모든 집마다 진도넛이 누워 있는 모습을 상상해 보았다.

고백하건데, 공주는 완벽한 개가 아니다.
뭐야, 공주 왜그래? 비 소리가 또 무서워?
흐윽
흐윽
공주, 이그 겁쟁이

입양 직후 특히 올리버를 무서워하던 공주...
나... 남자는 무서워...
공주야아...

우리가 생각한 방법은 하나...
공주야~♥
음...

사랑하는 법을 매일 배우는 것...
수니... 괜찮아
나도 못난 부분이
정말 많거든
완벽한 존재가
어딨겠어?

그리고 마침내...
오! 온다!!
오오옷!!!

3개월만에 기적이 생겼다.
이것 봐,
드디어 내게도
마음을 열었나봐
와... 대단한
기적이야

105

공주와 올리버의 친해지기

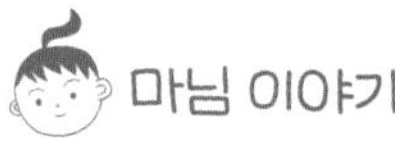

유기견 아이를 가족으로 맞이하는 사건은 꼭 행복하게 완결된 이야기처럼 들린다. 집이 없던 아이가 따뜻한 집을 찾아 오래오래 행복했대요, 하는 해피엔딩 같기 때문이다. 하지만 실제로 이야기는 이제 막 시작되었을 뿐이다. 유기견이 과거에 얼마나 끔찍한 경험을 했는지, 어떤 트라우마를 갖고 있는지 아무도 모르기 때문이다. 그들은 새로운 가족에게 좀처럼 마음의 문을 열지 못하기도 한다.

공주의 입양을 결정했을 때 무엇보다 우리 집에 살던 고양이 친구들이 걱정되었다. 진돗개가 고양이를 보면 흥분하고 공격성을 보인다는 이야기를 귀 따갑게 들었기 때문이다. 그런데 역시나,

평생을 컨테이너에 갇혀 살았던 공주에게 고양이는 너무나 낯선 존재였나 보다. 집에 도착해 고양이들을 보자마자 무서운 눈빛으로 낮게 으르렁 소리를 내기 시작했다. 그러다 결국 공주의 입가에 묻은 고양이 털을 보고 말았다. 첫째 크림의 털이었다. 다행히 크림의 몸에는 상처가 없었지만, 공주가 또다시 고양이를 공격하진 않을까 두려워졌다.

장애물은 고양이뿐만이 아니었다. 공주는 처음 우리 집에 왔을 때 올리버를 유독 무서워했다. 공주를 연결해 준 유기견 봉사자는 아마 도살장 주인이 주로 남자여서 그런 것 같다고 했다. LA에서 텍사스까지 20시간 운전으로 지친 몸을 달래는 동안, 우리는 깊은 생각에 빠졌다. 어떻게 하면 이 아이 마음의 문을 열 수 있을까?

우리가 내린 결론은 충분한 사랑과 시간이었다. 우리는 두려움을 내려놓고, 조급함을 버리고, 공주에게 천천히 다가가 보기로 마음먹었다. 나는 매일 공주의 눈을 바라보며 사랑한다고 말했다. 누군가 자신을 애정으로 쓰다듬어 주는 일이 처음이었던 공주는 이마저도 무척 낯설어했다. 하지만 따뜻한 손길이 조금씩 좋아졌는지, 이내 먼저 다가와 내 무릎에 자신의 몸을 치대기 시작했다.

올리버는 공주 앞에서 갑작스럽게 움직이거나 예고 없이 손을 뻗는 행동을 멈추었다. 공주에게 다가갈 때는 쪼그려 앉아 눈높이를 맞춘 채 움직였고, 손을 뻗어 머리를 쓰다듬기 전에는 먼저 말로 알리며 다가갈 것이라는 신호를 주었다. 매일 배를 뒤집는 항복 자세를 취하며 위협적인 존재가 아님을 열심히 어필하기도 했다. 그러자 올리버의 그림자만 봐도 뒷걸음질 치던 공주가, 어느 날부터 올리버의 부름에 응답하기 시작했다. "공주" 하는 소리에 조심스러운 발걸음을 한 걸음씩 내디딘다. 느리지만 커다란 변화였다.

고양이도 자신과 한 가족임을 인식했는지 공격성을 보이지 않고 한 공간에서 같이 잠을 잘 수도 있게 되었다. 우리가 주는 사랑으로 매일 조금씩 변하는 아이를 보면, 밀려드는 감동으로 마음이 벅차오른다.

물론 공주가 두려움을 완전히 극복한 건 아니다. 공주는 여전히 세상이 무서운 아이다. 현관문을 나서면 혹시 누가 자신을 잡으러 올까 다리를 떨고, 낯선 이가 집에 방문하면 겁에 질려 짖기도 한다. 하지만 공주가 다른 이들을 해치는 돌발 행동을 할까 걱정하진 않는다. 공주의 변화는 이미 시작되었고, 그 선한 눈에 온 세상이 따뜻하고 사랑스러워 보일 때까지, 매일 공주를 안아주고 보듬어줄 자신이 있기 때문이다.

올리버의 시선

공주는 우리 집에 온 이후로 매일 푹신한 침대에서 잠을 자고, 맛있는 음식을 먹고, 넓은 마당에서 뛰어놀았다. 공주의 표정이 처음 집에 온 날 이후로 매일 조금씩 밝아지는 것을 느꼈다. 어느새 두 눈에는 행복이 가득했다.

하지만 내 손을 무서워하는 건 여전했다. 공주가 유난히 내 손을 피하는 이유가 무엇일지 짐작해봤다. 아마 어린 시절에 나쁜 아저씨를 만난 적이 있던 게 아닐까? 공주는 내가 갑자기 일어나거나 움직일 때도 겁을 먹었다. 아무리 조심스럽게 간식을 내밀어도 불안해했다.

솔직히 조금 질투가 났다. 공주가 열심히 간식을 내미는 내 손보다 마님의 빈손을 더 좋아했으니까. 공주는 매일 아침 눈을 뜨면 나를 무시하듯 지나치고는 마님에게만 가서 꼬리를 치고 애정을 보여줬다. 마님과 공주가 친해진 건 정말 기쁜 일이었지만, 갖은 노력에도 나는 3개월째 공주와 친해지지 못하니 슬프고 억울한 마음이 드는 건 어쩔 수 없었다.

그러던 어느 날, 며칠 동안 허리가 아파 메드리스가 아닌 바닥에서 잠을 자게 되었다. 자연스럽게 바닥에 누운 공주와 같은 눈높이에서 자야 했고, 공주는 낯선 환경을 조금 불편해하는 것 같았다. 그렇게 바닥에서 잠을 잔 지 사흘째 되던 날 새벽, 무언가 적막을 깨고 움직이고 있었다. 눈을 떠보니 새하얀 공주가 천천히 나에게 다가오고 있었다. 깜깜한 어둠 속이었지만 분명히 볼 수 있었다. 공주가 나에게 먼저 다가온 최초의 순간이다.

아마 잠을 자는 내 모습에 긴장을 풀고 용기 내서 다가와 준 모양이다. 가까이 온 공주는 내 냄새를 몇 번 킁킁 맡더니, 바로 내 옆에 누워 다시 잠을 자기 시작했다. 나는 행여 공주가 놀라 도망갈까 싶어 실눈을 뜬 채 자는 척을 했지만 가만히 누워 있기가 여간 어려운 게 아니었다. 마음은 뭐라 표현하기 어려운 깊은 감동으로 요동쳤다. 모두가 자는 새벽 시간이었으므로, 그 큰 감동을 조용히 나 혼자 느껴야 했다.

공주에게 매일 유년 시절을 선물하고 싶어

왕자와 공주는 뒷마당에서 달리는 것을 정말 좋아한다. 아침에 일어나자마자 뒷문을 활짝 열어주는 것이 일과인데, 왕자와 공주는 그 순간을 기다렸다는 듯 스프링처럼 뛰쳐나가 질주를 시작한다. 어찌나 빠르고 시원하게 달리는지 그 모습을 보는 내 마음까지 탁 트이는 듯하다.

신나게 뛰고 난 후 지칠 때면 잔디밭에 누워 쉬곤 하는데, 그럴 때마다 공주는 인형을 물어 와 혼자 가볍게 던지기 놀이를 하고, 모래밭에서 장난감과 같이 배를 뒤집으며 뒹굴기도 한다. 장난감을 쳐다보는 공주의 눈이 반짝 빛난다. 그 모습을 보며 올리버가 말했다. “공주가 지금 하는 행동 말이야. 왕자가 아기 때 하던 행동이랑 비슷하지 않아?"

공주의 유년 시절은 유달리 고달팠다. 젖먹이일 때 엄마를 잃어버리고, 협소한 공간에 갇혀 남은 형제끼리 의지하며 살았던 공주. 공주의 유년 시절을 세세히 알지는 못하지만, 구조자들이 찍은 영상과 사진만으로도 얼마나 열악한 환경에서 지냈을지 짐작해 볼 수 있다. 열 마리가 넘는 강아지가 작은 공간에 갇혀 최소한의 보살핌도 받지 못했다. 바닥과 침대에 아무렇게나 뒹구는 개똥들, 구석에 처박힌 사료 그릇…. 그런 환경에서 장난감은 엄청난 사치였을 것이다. 아마 장난감이라는 물건 자체를 우리 집에 와서야 처음 봤겠지.

공주는 근육으로 다져진 뒷다리와 뚜렷한 턱 라인을 자랑하는 성견이다. 진돗개답게 경계심은 얼마나 큰지 낯선 사람이 집 앞에 나타나면 무서운 야수가 따로 없다. 등 뒤의 털을 한껏 세우고, 목덜미와 가슴에 힘을 주어 혈관을 볼록하게 부풀릴 때면 영락없는 헐크다.

그런 공주가 장난감 앞에선 해맑은 아이가 되어버린다. 강아지처럼 공을 물고 다니고, 정신없이 인형에 얼굴을 비비고, 온갖 장난감을 침실에 가져와 꼭 끌어안고 잠에 든다. 우리는 한 번도 공주의 어린 시절을 본 적이 없지만, 장난감을 가지고 노는 모습에서 어린아이의 순수함과 천진함을 몇 번이고 발견한다.

"공주에게도 늦게나마 유년 시절이 찾아와서 다행이야. 평생 못 가졌으면 어쩔 뻔했어."

장난감을 가지고 노는 공주를 보며 올리버가 말한다. 우리와 있는 동안 공주의 매일이 유년 시절 같으면 좋겠다. 마음껏 어리광을 부리고 떼를 쓰고 사고를 쳐도 용서받는 유년 시절을 공주에게 매일 선물해 주고 싶다. 그리고 속삭여 주고 싶다. 너는 언제나 우리의 소중한 아기라고.

왕자는 츤데레

진돗개라 그런지 영 애교가 없는 왕자
왕자야, 뽀뽀 할까?
...

외출 후 집에 왔을 때도
무뚝뚝...
어험, 오셨습니까?

그런데 체리를 임신했을 때 샤워하고 나올 때 마다
엇, 왕자 나를 기다린 거야?

항상 다리를 핥아주는데...
호옹?
쓰윽-
쓰윽-

이유를 찾아봤더니...
젖은 내가 감기 걸릴까 봐 아기같이 돌봐주는 거라고?
......is an act of love and caregiving.
정보 검색 중...

오늘도 이렇게 사랑에 빠진다!
헤헷!
이거 완전 츤데레잖아?

조선시대 선비의 애교법

몰티즈를 키우는 친구 집에 놀러 간 적이 있다. 현관문을 열자마자 작은 강아지가 온몸으로 신난 기분을 표현하며 친구에게 안기고 자신의 털을 비벼댔다. 몇 시간 떨어져 있었을 뿐인데 몇 주간 혼자 있던 아이처럼 엄마를 반기는 모습이 귀여웠다.

이에 반해 왕자와 공주는 마치 조선시대 선비 같달까. 친구네 몰티즈가 '엄마! 보고 싶었어요! 안아주세요!' 하고 안긴다면 왕자와 공주 대사는 '어험. 어머니, 오셨습니까'다. 5초 정도 반갑다고 헥헥대고 웃다가도, 금세 도도한 발걸음으로 바닥을 튕기듯 걸으며 좋아하는 휴식 장소로 가버린다. 진돗개는 애교가 없다고 다들 입을 모아 말하는데 정말 틀린 말이 아니다.

하지만 진돗개에게는 진돗개만의 매력이 있다. 무심한 듯하면서도 마음을 표현하는 은근한 애교법이다. 체리를 임신했을 때의 일이다. 왕자는 내가 샤워를 할 때면 매번 화장실 문 앞을 지키고서 있다가, 샤워 직후 아직 물기가 마르지 않은 나의 다리를 그렇게 핥아줬다. 처음엔 목이 말라 그런다고 생각했는데 알고 보니 상대의 젖은 몸이 걱정될 때 하는 행동이라고. 올리버에게는 같은 행동을 하지 않은 걸 보면, 임신한 나를 특별히 신경 써서 챙겨줘야 한다고 생각했던 모양이다. 물기가 다 마르고 나서야 다시 유유자적한 발걸음으로 샤워실을 나가는 왕자의 뒤통수가 어찌나 사랑스럽던지.

그래서 체리 출산 이후에 왕자는 어떻게 하냐고? 내가 샤워하든 말든 관심이 없다. 다만 체리가 목욕하거나 비에 젖어 나타나면, 어쩔 줄 모르고 주위에서 낑낑댄다. 정말로 임신했을 때는 내가 지켜주어야 할 대상이었고, 이제는 보호 대상이 체리로 바뀌었다는 뜻인가 보다. 굿 보이 왕자, 앞으로는 체리를 잘 부탁해!

크림
과
닐라바

119

닐라바는 순하고 귀엽기만 한 아기같다가도...
닐라바...
고릉 고릉

꺅! 쥐다!
타다다
타다다
으악!

쿠오오오
아기가 아니라
야수였구만...

첫째
크림이는요

우리가 미국에 막 건너갔을 때, 집을 살 돈은커녕 대출을 받을 신용점수도, 심지어 월세를 살 조건도 충족하지 못했다. 하는 수 없이 얼마간 시댁에 신세를 져야 했다. 시댁에서 먹고 자고 일하며 바쁘게 시간을 보내던 어느 저녁, 거실에 둘러앉아 다 같이 공포영화를 같이 보고 있었다. 어디선가 희미한 고양이 울음소리가 들려왔다. 영화 속 소리인가? 처음엔 무시하려고 했지만 연약한 야옹야옹 소리는 조금씩 더 커지고 뚜렷해졌다. 엄마를 잃은 고양이일까? 부랴부랴 손전등을 들고 나가봤더니 새끼 고양이 두 마리가 풀숲에서 떨고 있었다.

하지만 시아버지는 고양이가 귀엽고 안됐다는 이유로 덥석 입양

할 수는 없다고 했다. 맞는 말이었다. 새끼 고양이도 인간을 경계하는 듯 도움을 요청하면서도 가까이 다가오지는 않았다. 우선은 음식을 주며 지켜보기로 했는데, 두 새끼가 서로 의지하며 덤불에서 장난치며 놀다가, 우리가 음식을 내주면 살금살금 다가와 빵빵하게 배를 채우는 모습을 보고 있자니 그렇게 흐뭇할 수가 없었다. 단지 멀리서 바라보는 것만으로 아이들에게 정을 붙여버린 나와 올리버는 두 녀석에게 쿠키 & 크림이라고 이름까지 붙여줬다. 두 아이 모두 흰 바탕에 검은 반점이 있었기 때문이다.

어느 날 아침, 평소처럼 쿠키와 크림에게 밥을 주러 나갔는데 한 미리가 보이지 않았다. 세상에… 간밤에 매가 잡아간 것이 분명했다. 그동안 입양은 절대 안 된다고 완강하게 고개를 내젓던 시아버지는 의지하던 형제를 잃고 서럽게 우는 고양이 소리에 결국 두 손 들어 항복하셨다. 키워도 된다는 허락이 떨어지자마자 우리는 조심스럽게 손을 뻗어 크림을 구조했다. 그렇게 처음으로 인간의 손에 몸을 맡긴 크림은 생각보다 더 작고 귀엽고 연약했다.

크림은 집 안에 들어오자마자 크게 안심이 되었는지, 낯도 가리지 않고 올리버와 나 사이에 누워 쿨쿨 잠을 잤다. 그렇게 우리의 첫 번째 반려동물이 되었다. 크림은 여전히 나와 올리버 사이에 누워 자는 것을 좋아한다.

둘째
닐라바는요

크림은 한 살을 넘기자 삶이 굉장히 무료하다는 듯 행동하기 시작했다. 어떤 장난감도 이 작은 고양이 숙녀를 행복하게 해줄 수 없었고, 심지어 고기 간식에도 별 관심을 보이지 않았다. 나와 올리버는 자연스럽게 두 번째 고양이 입양을 고려하게 됐다. 우리가 아무리 즐겁게 놀아주어도 함께 뛰놀 친구의 존재를 대신할 수는 없다는 생각이었다. 마침 유기견 센터에 새끼 고양이들이 구조되었다는 소식을 들었고, 그중 회색 고양이 한 마리를 입양했다. 불렛(총알), 실버(은), 바닐라 등등. 여러 이름 후보 간 경쟁이 치열했지만, 나의 강력한 주장으로 바닐라라는 이름이 최종 채택되었다.

그렇다, 올리버쌤 채널 영상 속에서 '닐라바'로 불리는 귀여운 고양이의 원래 이름은 바닐라다. 성이 '바'이고 이름은 '닐라'라는 올리버의 주장(?)에 따라, 어느 날부터 미국식으로 성과 이름의 순서를 바꾸어 '닐라바'로 부르고 있다. 우리가 워낙 닐라바라고 불러온 탓에, 이제 녀석도 '닐라바'라 불러야만 반응한다. 세상 귀여운 아기처럼 사랑스럽게 애교를 부리다가도, 시골 숲속에서 나타나는 전갈이나 메뚜기, 심지어 쥐까지 날렵하게 낚아채는 닐라바는 그야말로 두 가지 반전 매력의 독특한 고양이다.

그런가 하면 닐라바는 체리에게 남다른 사랑 고백법을 알려준 다정한 선생님이기도 하다. 어린 체리가 곁에 다가오면 발라당 누우며 자기의 약한 면을 보여주던 닐라바. 상대를 믿고 사랑한다는 의미를 전하는 고양이들의 표현이다. 그 모습을 지켜봐 온 체리는 어느 순간부터 왕자, 공주와 교감하고 싶을 때 하늘을 향해 배를 내보이며 눕곤 했다. 체리에게 기꺼이 마음을 열고 손을 내밀어준 닐라바에게 고마울 따름이다.

그래서 닐라바를 입양한 이후로 크림과 잘 뛰어놀고 지내냐고? 아마도 크림은 원래 성격이 얌전한 아이였나 보다. 슬프게도 한 번도 두 마리가 같이 뛰어노는 모습을 보지 못했다. 그래도 크림은 행복하다. 우리는 크림을 세상에서 가장 행복하게 만드는 것이 참외라는 사실을 알았고, 참외 철이 올 때마다 달콤한 참외 속을 잘라 주고 있기 때문이다.

한 침대에 누운 두 아이

시원한 마룻바닥을 선호하는 왕자와 달리, 공주는 유난히 포근하고 따뜻한 곳을 좋아한다. 내가 소파에 앉아 영화를 볼 때마다 이용하는 애착 담요가 있는데, 폭신한 재질 때문인지, 나의 냄새가 배어 있기 때문인지 공주는 그 담요 위에 누워 자는 것을 특히 좋아했다. 어찌나 좋아했는지 매일 그 담요를 물고 빨고 비벼댄 탓에, 하얀 담요가 금세 칙칙한 회색으로 얼룩졌다. 더러워진 애착 담요를 보고 아무렇지도 않았다면 거짓말이다. 세탁기에 돌려도 여전히 꼬질꼬질한 담요를 보고 나니 나도 모르게 볼멘소리가 터져 나왔다.

"쳇, 공주에게 내 담요 뺏겨버렸어!"

나는 결국 공주에게 비슷한 재질의 새 침대를 구해 주었다. 새 침대에서는 좋은 냄새가 났다. 그리고 솜이 아주 많이 채워져 있어서 구름처럼 푹신했다. 공주는 그것이 자신을 위한 선물임을 아는지 하얀 꼬리를 살랑거리며 좋아했다. 이런 호사를 누려도 되나 싶었는지 바로 침대 위에 올라가지도 못하며 황송해하는 듯한 태도를 보여주였다. 우리가 공주의 장난감을 올려주자, 그제야 침대 위로 올라갔다. 새 침대 가운데 편하게 누운 공주를 보니 마음이 흐뭇해졌다.

그런데 몇 분 뒤에 예상치 못한 일이 일어났다. 첫째 고양이 크림도 공주의 침대에 관심을 보인 것이다. 공주는 크림을 가만히 보더니 자리에서 벌떡 일어났다. 우리는 당연히 공주가 크림을 불편해하고 쫓아낼 거라 생각했다. 하지만 예상과 달리 공주가 침대 귀퉁이로 자리를 옮겨 눕는 게 아닌가? 크림이 누울 수 있도록 침대의 다른 쪽 귀퉁이를 내준 것이었다. 처음 우리 집에 온 날 크림에게 사납게 입질했던 공주가 이런 사랑스러운 행동을 하다니. 얼마나 감동적인 변화인가.

같은 침대를 나눠 쓰며 편하게 잠든 공주와 크림은 어느 때보다 더 행복해 보였다. 그 모습을 보니 공주에게 담요를 뺏겼다며 볼멘소리를 냈던 것이 조금 부끄러워졌다. 나누면 더 기쁘다는 기본적인 공식, 공주 덕분에 다시 배웠다.

숯처럼 까만 아이

130

어느날 풀숲에서 들려온 소리에...
!!!
꽤에엑!
!!!
쫑긋
쫑긋

엉겁결에 구조를 한 까만 털뭉치
앗,
너 혼자 있었니?
꽤...
너무 울어서
목이 쉼

집 못찾아주면
키울 생각 있냐고?
냐...
귀여워...
그렇긴 한데...

우리에게 챙길 게 이미 너무 많지 않아?
체리, 왕자, 공주 닐라바, 크림, 달구...
...
챙길게 점점 많아지니까 책임감이 더 무거워지는 것 같아...

하지만 챙길 게 많아진다는 것은 사랑할 게 많아진다는 뜻이기도 해...

!!
골골...
그리고 사랑할 게 많으면 그만큼 더 행복하잖아

너의 크기만큼
내 사랑도 커지니까

올리버, 체리와 한국에 갔다가 항공사의 탑승 거부로 나 혼자 한국에 남게 된 일이 있었다. 눈물을 참으려던 올리버는 휙 돌아 출국장으로 나가버렸고, 나는 그런 올리버와 체리의 모습이 내가 보는 마지막일 수도 있다는 생각에 공항에서 크게 울음을 터트렸다. 그때는 상상도 하지 못했다. 그 울음이 그렇게나 큰 잡음이 되어 돌아오리라곤.

당시 우리의 모습을 눈여겨본 어떤 사람들이 마치 올리버가 나를 버리고 체리를 데려간 것처럼 루머를 퍼트리기 시작했다. 실제로 나는 혼자 한국에 체류해야 했기에 한동안 올리버 영상에 모습을 비추지 않았는데, 이것이 루머를 더 키우는 계기가 되었나 보다. 환장할 일이었다.

오해를 만들고 퍼뜨리기는 쉽다. 그렇지만 오해를 해명하는 일에는 아주 많은 시간과 노력이 필요하고, 해명에 성공한다고 해도 그 과정에는 큰 심리적 고통이 따른다. 그래서 우리는 사람들이 그 소문이 단순한 오해이며 루머임을 알아주기를 바라는 수밖에 없었다.

하지만 루머를 만드는 사람, 루머를 퍼트리는 사람, 그 루머로 새로운 콘텐츠를 만들어 더 악질의 루머로 만드는 사람, 그 루머를 바탕으로 기사를 생산하는 사람까지 생기자, 루머는 눈덩이처럼 불어났다. 또한 소문은 돌고 돌아 우리가 조회수를 위해 이 사건을 연출했다는 루머로까지 치달았다. 아이러니하게도 루머는 그 내용이 말이 안 되고 충격적일수록 더 빨리 확대 재생산되었다. 그리고 점점 더 많은 사람에게 사실로 받아들여졌다.

내가 잘못한 것이 없어도, 내 행동과 의지와 상관없이 나는 괴물 같은 나쁜 사람이 될 수 있구나. 남들이 나를 괴물로 보는 것 같으니, 나도 내가 괴물처럼 느껴졌다. 무기력과 공포에 휩싸였다.

편하게 밥을 먹다가도 갑자기 낭떠러지에서 떨어지는 것처럼 심장이 쿵쾅쿵쾅 뛰었다.

"올리버, 체리를 재우고 잠깐 앞뜰에 산책 나가자."

어느 날 저녁 또다시 난데없이 심장이 쿵쾅거렸고, 산책으로 마음을 달래보려 했다. 우리 집 다섯 번째 반려동물 숯이를 발견한 날이 바로 이날이었다. 숲속에서 들리는 작고 낯선 소리. 처음에는 새가 내는 소리인 줄 알았다. 그런데 공주의 발걸음을 따라가 보니 작고 마른, 털이 빠진 못생긴 까만 새끼 고양이가 가시덤불 속에 숨어 있었다.

올리버는 미처 말릴 틈도 주지 않고 까만 고양이를 품에 안았다. 그리고 다락방에 데려가 음식과 물을 먹였다. 배를 불린 까만 고양이는 고맙다고 인사하듯 내 품에 안겨 골골하며 사랑의 노래를 불렀다. 이 작은 새끼 고양이를 가만히 바라보다가, 까만 두 눈에 비친 내 모습을 발견했다. 그 속의 나는 괴물 같은 나쁜 사람이 아니었다. 원래 내가 알고 있던 다정한 내 모습이었다. 심장의 쿵쾅거림이 멈췄다. 울음이 터져 나왔다. 이렇게 나는 숯이에게 깊은 정을 붙이고 말았다.

올리버의 시선

마님이 악플과 루머로 며칠 동안 잠을 못 자고 괴로워했다. 솔직히 나 역시 너무 괴로웠고 몇 번이나 울고 싶었지만, 그럴 수가 없었다. 마님의 튼튼한 기둥이 되어줘야 할 것 같았기 때문이다. 어느 날은 마님이 당장이라도 쓰러질 것 같은 목소리로 잠깐 앞뜰로 나가 바람을 좀 쐬자고 했다.

앞뜰에서 산책하던 중, 갑자기 희미한 '꽥' 하는 소리가 들렸다. 왕자와 공주가 먼저 반응했다. 주위를 두리번거리며 소리의 근원지를 찾았다. 처음에는 둥지에서 떨어진 새 소리인 줄 알고 열심히 나무 위를 쳐다봤다. 그때 공주가 가시덤불 속으로 걸음을 옮겼다. 본능적으로 알아차렸다. 공주가 먼저 발견했구나. 낯선 동물이니 공주가 바로 죽여버릴 수도 있겠다. 제지해야겠다.

"공주 스톱!"

빠르게 공주를 제지하고 조심스레 다가갔을 때, 까맣고 작은 고양이 한 마리가 나를 향해 걸어 나왔다. 얼마나 많이 울었는지 목이 다 쉬어 '꽥' 하는 목소리에는 힘이 하나도 없었다. 나는 바로 손을 내밀었고, 지퍼를 열어 작고 까만 털 뭉치를 품에 안았다. 결과적으로 이것은 큰 실수였는데, 당시 이 까만 고양이가 링웜이라는 피부병을 앓고 있었기 때문이다. 나중에 마님은 왜 자세히 살펴보기도 전에 바로 고양이를 품속에 넣었냐고 물어봤다. 그러게, 나도 이해를 못 하겠다. 그냥 작은 아기를 보니 도와주고 싶은 본능이 앞섰던 것 같다.

정신을 차려보니 이미 내 품에는 까만 고양이가 안겨 있었고, 이 녀석의 애처로운 두 눈은 '제발 저를 살려주세요. 보살펴주세요' 하고 애원하는 것 같았다. 차마 가시덤불 속으로 돌려보낼 수 없었다. 하룻밤도 버티지 못하고 올빼미나 퓨마, 여우, 코요테, 너구리 중 하나에게 잡혀 먹힐 게 뻔했다.

우리는 녀석이 집을 찾을 때까지만 임시 보호하기로 했다. 그리고 서로에게 다짐했다. 절대로 이 고양이에게 정을 붙이지 말자고. 만약 정을 붙였다가는 정말 책임져야 할 테니까.

고양이는 우리집 2층에 마련된 임시 보호소에 격리되었고, 우리는 하루에 몇 번씩 들락날락하며 영양제와 약, 음식을 주었다. 혹시 주인이 있진 않을까 동네방네 고양이를 잃어버렸냐는 내용의 편지를 보내고, 동물 복지 센터에 전화도 돌려봤다. 하지만 아무에게도 긍정적인 답신을 받지 못했다.

어느 날부터 체리는 다락방에서 나는 야옹 소리가 대체 무엇이냐며 물어왔다. '한 번쯤은 괜찮겠지' 하는 마음으로 체리를 안고 계단을 올랐다. 그런데 아기가 아기를 알아본 걸까? 체리는 까만 고양이를 보자마자 환하게 미소 짓는다. 까만 고양이도 체리를 보자마자 달려가 다리에 몸을 비빈다. 서로 첫눈에 사랑에 빠진 듯했다.

체리는 처음부터 고양이와 교감하는 법을 알았던 것 같다. 침대 위에서 함께 놀자며 장난을 치더니 자연스럽게 고양이에게 다가가 눈을 맞추었다. 그러고는 이내 '숯이야' 하고 불렀다. 아차, 큰일 났다. 김춘수 시인의 시, 「꽃」의 내용대로였다. 까만 고양이에게 '숯이'라고 이름을 붙이는 순간, 숯이는 우리에게 성큼 다가왔다. 그러고는 꽃이 되어버렸다.

마님은 조심스러운 눈빛으로 내게 책임질 게 너무 많아 힘들지 않겠냐고 물었다. 그럴지도 모른다. 하지만 내게 책임질 게 많다는 건 사랑할 대상이 더 많다는 뜻이기도 하다. 책임지고 사랑할 것이 많은 나는, 누구보다 행복한 인간이다.

왕자가 낑낑댄 이유

아기 체리와 계속 거리를 지키고 있던 왕자...
너무 가까이 가면 다치게 할 수 있으니까
조심하자...

체리 곁을 지킬게

체리를 낳고 처음 집에 데리고 온 날, 우리는 왕자와 공주의 반응을 크게 신경 써야 했다. 진돗개들이 처음 만나는 낯선 존재에 어떻게 반응할지 예상할 수 없었기 때문이다. 올리버는 먼저 체리의 모자와 옷가지를 꺼내 개들에게 냄새를 맡게 했다. 그러고는 한 마리씩 천천히 체리를 만나게 했다.

다른 집 강아지들은 낯선 아기를 보고 놀라 크게 짖거나, 사랑스러움을 못 견뎌 마구 뽀뽀하기도 한다는데 왕자와 공주의 반응은 전혀 달랐다. 체리가 배 속에 있을 때부터 이미 어떤 냄새를 맡았던 건지, 놀랍지 않다는 듯 체리의 몸 냄새를 몇 번 맡더니 바로 거리를 두었다.

진돗개를 잘 모르는 사람들의 눈에는 개가 아기에게 관심이 전혀 없는 것처럼 보이겠지만 우리는 안다. 관심이 없는 게 아니라 체리가 너무 소중해서 일부러 거리를 두었다는 사실을. 왕자와 공주는 체리가 연약한 존재이고 그래서 너무 가까이 다가가면 안 된다는 걸 안다. 일정 거리는 두었지만 사실 온 관심은 체리에게 가 있다. 체리가 울음을 터트리면 옆에서 같이 낑낑대고, 체리가 응가를 하면 근처에 와 냄새를 맡고 신호를 보내는 것을 보면 알 수 있다. 나와 올리버가 간식을 들고 있으면 정신없이 달려드는 녀석들이지만 체리 손에 쥐어진 간식만큼은 철저히 못 본 척해주기도 한다. 그러고 보면 어린 체리의 배꼽에 염증이 생겼을 때 가장 먼저 발견한 것도 왕자였다. 섣불리 체리에게 다가오지 않던 왕자가 갑자기 체리 몸에 코를 대고 냄새를 맡으며 우리에게 신호를 보냈다. 체리가 기뻐하는 순간에도 슬퍼하는 순간에도 묵묵히 곁을 지켜주는 아이들이다.

체리도 언젠가 자신이 엄마 아빠뿐만 아니라, 모든 동물에게 사랑과 관심을 받고 자란 사실을 알게 되겠지? 체리가 지금보다 좀 더 자랐을 때 왕자, 공주와 또 어떤 사이로 발전할지 매일 궁금해지고 기대된다.

숲속에서 나타난 야생 고양이 크림

쿠키 & 크림

의지하던 오빠, 쿠키가 간밤에 사라진 이후 크림은 한동안 숲속에서 혼자 지냈다. 하얀 고양이는 눈에 잘 띄기 때문에 포식자들의 표적이 되기 쉽다고 한다. 실제로 크림의 털 색깔은 굉장히 하얘서, 아무리 꼬질꼬질한 상태여도 멀리서도 금세 찾을 수 있다.

당시 우리는 시부모님 댁의 작은 방에서 신세를 지고 있었다. 처음에 시아버지 브래드는 크림을 구조해 주는 대신 우리 방에서

만 머물러야 한다는 조건을 내거셨다. 하지만 크림 특유의 맹하고 귀여운 성격은 완강하던 시아버지의 마음을 녹이기에 충분했나 보다. 크림이 활보할 수 있는 영역은 슬금슬금 거실까지 넓어졌다.

크림은 신혼 시절 올리버와 내가 처음으로 같이 키우게 된 반려동물이다. 크림에게 한없이 다정하고 아낌없이 사랑을 주는 올리버의 모습을 보고 새삼 결혼을 잘했다고 생각했었다. 이렇게 작은 생명체를 아끼고 사랑해 줄 수 있는 사람이라면, 앞으로 식

크림이와 올리버

구가 늘어나더라도 얼마든지 함께 행복할 수 있을 것 같았다.

닐라바와 나의 첫 만남

지금은 닐라바라고 불리는 새끼 고양이를 동물 보호소에서 처음 만난 날. 닐라바는 내 한 손에 쏙 들어올 정도로 작았다. 이 작은 아이는 첫 만남인데도 나를 원래부터 알았던 것처럼 친근하게 몸을 비비며 애교를 부렸다. 낯선 사람의 손 위에서 온몸에 힘을 풀고 잠을 자는 모습에서 닐라바의 느긋하고 애교 많은 성격을 엿볼 수 있다. 이렇게 사람을 좋아하는 고양이라니. 내 품에서 골골거리며 자는 귀여운 모습을 보니, 어쩌면 우리 사이에 묘연이라는 게 있을지도 모른다고 생각했다. 그렇게 바로 입양을 결정했고 우리 집의 두 번째 반려동물로 함께 살게 되었다.

닐라바와 올리버

닐라바는 항상 올리버의 영상 편집 작업용 의자 위에서 잠을 청한다. 닐라바의 폭

나란히 누운 크림과 닐라바

신한 털이 뒷덜미를 받쳐줄 때면 올리버는 따뜻한 느낌에 기분이 좋아진다고. 이따금 골골거리며 골골송을 부르는 닐라바 덕분에 안마받는 효과까지 일석이조로 누리고 있다고 한다. ㅋㅋ

이건 뒷이야기인데, 닐라바를 입양할 당시 동물 보호소에서는 닐라바가 암컷이라고 했다. 사근사근하고 애교가 많은 아이인지라 그 사실을 전혀 의심하지 않았고, 크림과 닐라바가 자매처럼 잘 어울리겠다고 생각했다. 닐라바가 수컷임을 알게 된 건 중성화 수술을 하려고 데려간 동물병원에서였다. 놀라기보다는 기쁜 마음뿐이었다. 아들이면 어떻고 딸이면 어떠랴. 닐라바가 우리 집 사랑스러운 둘째라는 사실은 변하지 않는걸.
크림과 닐라바의 초반 케미는 그럭저럭 괜찮았다. 닐라바가 같이

왕자를 처음 만나 무릎 위로 안아보던 순간

붙어서 낮잠을 자기도 하고 서로 사이좋게 그루밍도 해줬다. 그런데 요즘에는 통 이런 모습을 보여주지 않는다. 자매 사이가 아니라는 것을 깨닫고 어색해진 걸까? 역시 고양이 세계에서도 남매는 티격태격하는 것이 국룰인가 보다.

왕자 & 공주

왕자를 입양하기 전까지 나는 한 번도 강아지를 키워본 적이 없었다. 누군가 내게 취향을 물어보면 망설임 없이 고양이파라고 내답했다. 고양이들의 솜방망이 같은 말랑말랑한 앞발, 사뿐하고 도도한 발걸음, 깨끗하게 정돈된 털은 대체 불가능한 매력이라고 생각했다. 이렇게 고양이를 사랑하는 나였기에, 처음엔 왕자에게 쉽게 정을 붙이고 교감할 수 있을지 솔직히 의문이었다.

집에 온 지 일주일 된 왕자

그런데 왕자를 처음 안아보는 순간,

오오… 그 사람 체온 같은 따뜻한 느낌. 고양이보다는 뻣뻣하지만 튼튼한 몸통, 고소한 누룽지 같은 체취와 어린아이 같은 맑은 눈빛!!! 이것이 강아지의 매력이구나. 굳이 노력하지 않아도 곧 바로 사랑에 빠졌다.

닐라바보다 훨씬 작던 아기 왕자

왕자는 여러 형제 중 몸이 약한 편이었던 것 같다. 같이 태어난 모든 형제가 집을 찾아가고, 거의 마지막까지 남은 녀석이기 때문이다. 누런 털 역시 사람들의 마음을 사지는 못했는지 분양가도 가장 저렴했다.

아기 왕자와 닐라바를 양팔에 안은 올리버

하지만 우리 눈에는 왕자의 누런 털이 어느 명망 있는 가문의 왕자님이 입은 황금 옷처럼 보였다. 왕자는 비록 허약(?) 체질로 태어났을지 몰라도 두뇌가 굉장히 명석했고, 사교성은 또 어찌나 좋은지 집에 오자마자 금세 크림이 누나와 닐라바

형과 어울렸다. 그렇게 우리 가족의 빼놓을 수 없는 일원으로 자리 잡은 왕자였다.

공주를 처음 집에 데려온 날

개 농장에서 태어나 밖에서 뛰논 적도, 사랑을 받아본 적도 없는 공주에게 인간은 공포 그 자체였나 보다. 처음 만난 나와 올리버 앞에서 불안한 듯 계속 몸을 떨었다. LA에서 장장 21시간을 달려 텍사스로 오던 길. 이동하는 내내 공주의 표정이 저랬다. 불안해서 당장이라도 울음을 터트릴 것 같은 표정.

눈만 마주쳐도 꼬리를 흔드는 왕자와는 완전히 딴판인 모습에 나 역시 적잖이 놀랐다. 이 아이가 깊은 트라우마를 무사히 이겨낼 수 있을까, 우리 집 고양이 식구들과 잘 어울려 지낼 수 있을까 불안한 마음을 달래야 했다. 왕자가 공주를 보고 으르렁거리면 어쩌지, 공주가 왕자를 무서워하면 어쩌지. 걱정이 이만저만이 아니었다. 역시나 공주는 왕자

인절미와 백설기의 첫 만남

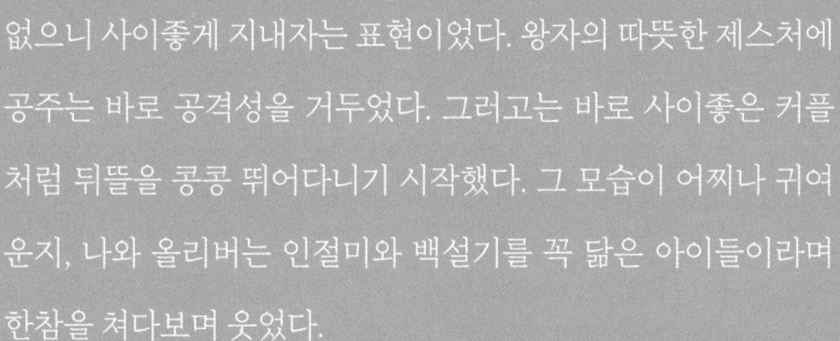
왕자와 공주의 결혼식

를 보자마자 방어적으로 이를 드러내고 으르렁거렸다.

하지만 놀라운 일이 벌어졌다. 공격적인 공주 앞에서 왕자가 군말 없이 바로 누워 배를 보여준 것이었다. 공격 의사가 없으니 사이좋게 지내자는 표현이었다. 왕자의 따뜻한 제스처에 공주는 바로 공격성을 거두었다. 그러고는 바로 사이좋은 커플처럼 뒤뜰을 콩콩 뛰어다니기 시작했다. 그 모습이 어찌나 귀여운지, 나와 올리버는 인절미와 백설기를 꼭 닮은 아이들이라며 한참을 쳐다보며 웃었다.

인절미와 백설기의 궁합이 이렇게 좋은데, 결혼식 없이 합방을 시킨다는 건 있을 수 없는 일! 결혼식을 올려보자는 올리버의 농담이 점점 진지해졌다. (사실 코로나로 어디 나갈 데가 없어 굉장히 심심하기도 했다.)

장난스럽게 시작한 일이었지만, 근사한 턱시도와 핑크색 드레스를 입은 왕자와 공주는 제법 그럴싸한 신랑 신부의 모습이었다. 왕자는 자신의 결혼식임을 알기라도 하는 듯, 웃으며 윙크까지 날렸다. 공주의 표정 역시 입양 첫날과는 완전히 다르게 행복하

체리와 숯이의 첫 만남

고 편안해 보였다. 역시 사랑이 보약이다. 공주와 왕자의 애정 전선은 오늘도 이상 무!

숯이 & 체리

태어나 처음으로 자기보다 어리고 약한 존재를 만난 체리. 작은 아기가 자신보다 더 작은 아기를 쓰다듬고 아껴주는 모습은 사랑스럽다 못해 감동적이다. 물론 체리 곁에 이미 크림과 닐라바가 있긴 했지만, 같은 아기로서 더 통하는 게 많다고 느끼는 것 같다. 체리가 숯이를 바라보며 "귀여워, 아이 귀여워" 하고 감탄을 연발하는 모습을 보고 있으면 머릿속 모든 잡념과 고민이 싹 사라지는 기분이다. 역시 귀여움은 세계 최고다. 최고, 최고!!!

역시나 단짝 친구가 되어버린 체리와 숯이. 체리가 소파에 앉아 있으면 숯이는 쪼르르 달려와 옆에 자리를 잡는다. 숯이

체리와 숯이는 단짝 친구

를 쓰다듬는 체리의 손길이 가끔 거칠 때가 있는데, 그래도 숯이는 한 번도 손톱을 세우는 법이 없다. 체리가 아직 많이 어리고 배우는 중임을 알고 있나 보다. 아기와 아기가 서로 배려하고 교감하며 세상을 배워가는 장면이 참 신기하고 놀랍다.

후드티 속에 쏙 들어간 숯이

우리는 숯이가 숲속에서 엄마와 형제들을 잃어버린 것으로 추측하는데, 유독 숯이가 나를 엄마처럼 대하고 꼭 붙어 있으려고 하기 때문이다. 황당하게도 내가 잠을 자고 있으면 내 겨드랑이 사이에 자리를 잡고 잠옷을 젖처럼 빨기도 한다. (한때는 축축한 잠옷을 매일 빨아야 했다.)

이 날은 숯이가 일하는 나를 가만히 두지 않아서, 아예 후드티를 거꾸로 입고 모자 부분에 숯이를 넣어버렸다. 숯이는 해먹에 누운 것처럼 편안했는지 바로 눈을 감고 골골송을 부르며 깊은 잠에 빠졌다. 하필이면 옷 색깔이 까만색이라 눈을 감은 숯이 얼굴이 잘 보이지 않는다는 점이 웃음 포인트다.

3장

세상에서
가장 큰 체리나무

여름 과일의 향기

그날 밤
꿈에 나온

내가 사는 미국의 텍사스는 8월이면 한창 체리 철이라 마트마다 탐스러운 체리가 가득하다. 한국이라면 비싼 가격에 벌벌 떨었을 테지만, 미국에서는 한 봉지 가득 사도 만 원이 넘질 않아 부담 없이 체리를 즐길 수 있다.

달콤하고 맛있는 체리를 실컷 먹은 다음 날, 나는 체리 꿈을 꾸었다. 꿈속에서 나는 체리 나무에 주렁주렁 달린 탐스러운 체리를 한참 쳐다보았다. 왠지 그 꿈이 인상 깊어 올리버에게 체리 나무를 하나 심자고 말했다. 그렇게 체리 나무를 한 그루 주문했고 뒷마당에 야무지게 심었다.

임신한 사실을 알아차렸을 때 배 속 아기는 6주 차에 접어들고 있었는데, 기억을 곱씹어 보니 체리 나무를 심었을 쯤이었다. 올리버와 나는 신기해하며 웃었고 그렇게 '체리'라는 태명을 쓰게 되었다.

체리가 태어나기 딱 한 달 전, 나는 곧 태어날 아이를 위해 열심히 아기방을 꾸몄다. 한쪽 벽면에는 아기를 위한 그림도 그렸다. 사랑스러운 동물 친구들이 놀고 있는 가운데, 귀여운 체리가 앉아 있는 그림이었다. 체리는 어떻게 생겼을까? 정말 체리처럼 동글동글 사랑스러운 얼굴일까? 아직 만나보지 못한 체리 얼굴을 상상하며 그림을 완성했다. 꼭 한 달 후 태어난 체리는 매일 아침 그 그림을 보며 눈을 뜬다.

체리와 나와 비키니

계획이 없던 갑작스러운 임신에…
냐아?
?
올해 여름 휴가에 입으려고 비키니도 샀는데…

기쁨보다 먼저 찾아온 당황스러움…
어?

철없이 속으로 투정도 부렸다
올해 여름은 비키니는 커녕
배불뚝이로 지내야겠군 쳇…

하지만 시간이 지나, 체리와 같이 맞게 된 여름
쏴아 -
쏴아 -

그때 못 입었던 비키니를 체리랑 입고 해변에 있자니
그거 아니 체리야?
쏴 -
쏴 -

너무 행복해서 눈물이 나는 것이었다
엄마가 체리를 너무 사랑해

비키니,
참을 수 없는 가벼움

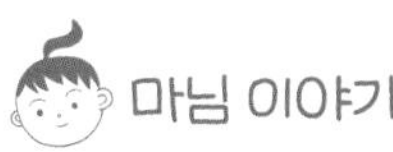

“이번 여름휴가 때 바닷가에서 입으려고 사 놓은 내 비키니, 그건 어쩌지?”

임신 사실을 알았을 때 가장 먼저 든 생각이다. 임신이라는 무게에 비하면 한없이 가볍고 유치한 생각이었다.

여느 때와 다름없는 아침이었다. 눈을 뜨자마자 왕자와 공주가 내 품에 와락 안겼다. 꼬리를 흔들며 내 몸에 부드러운 털을 비비는 귀여운 녀석들. 그런데 평소엔 고소하기만 하던 강아지 고린내가 오늘따라 왜 이렇게 견디기 어려울까? 이 녀석들 마지막으로 목욕시켜 준 게 언제더라? 그때 올리버가 아침으로 뭘 먹고 싶냐고 물으며 커피를 내렸다. 매일 향기롭던 커피 냄새가 유달리 불쾌했다. 커피콩 봉지를 제대로 밀봉해 두지 않아서 벌써 산패되었나?

물먹은 솜처럼 무거워진 몸을 이끌고 침대에 다시 누웠다. 내 이마를 짚어보더니 약간 열이 나는 것 같다는 올리버의 말. 달력을 보니 생리 예정일이 딱 3일 지나 있었다. 여자들은 다 알겠지만 예정일이 3일이나 일주일 지나는 건 흔한 일이다. 대수롭지 않게 생각할 만도 한데, 감기약을 사줄까 하는 올리버의 말에 쉽사리 대답할 수 없었다.

혹시 그건 아니겠지, 에이 아닐 거야. 우리는 사고 날 행동을 하지 않았잖아. 그러니까 절대 아니겠지. 그래도… 확실히 아닌 걸 알게 되면 마음이 편해지겠지?

결국 올리버가 임신 테스트기를 사 왔다. 그렇게 인생에서 처음으로 내 손에 쥐어진 검사기. 소변을 머금더니 서서히 뚜렷한 두 줄을 그려 보였다. 두 줄의 의미를 몰라 인터넷에 찾아보니 임신이라는 뜻이라고. 황당함에 웃음이 터졌다. 방금까지 익숙했던 모든 것들이 한순간에 낯설어졌다. 두려움이 몰려왔다. 눈물이 터졌다.

올리버의 시선

임신 테스트기를 사보자고 먼저 말을 꺼낸 것은 나였다. 내 말이 끝나자마자 마님은 어이없다는 눈빛으로 날 쳐다봤다. 나도 내 생각이 이상하다고 여겼지만 그래도 혹시 모르니 하는 마음으로 집을 나섰다. 인생 처음으로 사본 검사기였다. 왠지 어색한 기분에 셀프 계산대를 이용했다.

집에 도착해 마님에게 검사기를 건네는 그 순간에도, 나는 이 상황이 참 황당하다고 생각했다. 마님이 화장실에 들어간 그 2분이 꼭 2년처럼 느껴졌다. 화장실에서 나온 마님과 함께 초조한 마음으로 결과를 기다렸다. 이내 검사기에 두 줄이 나타났다. 믿기 힘들었다. 너무 믿기 어려운 나머지, 조금 더 기다리면 결과가 달라질지 모른다는 터무니없는 생각까지 들었다. 그래서 20분을 더 기다렸다. 당연히 결과는 똑같았다. 2시간이 지나도 마찬가지였다.

내가 아빠가 된다니! 아무리 기다려도 변하지 않는 뚜렷한 두 줄을 보며 기쁨, 설렘, 희망, 두려움, 긴장, 그리고 완전히 처음 느껴보는 낯선 감정들이 내 안에서 마구 소용돌이쳤다. 한 번도 간 적 없는 전혀 다른 차원으로 떠나는 것 같은 기분이었다. 그렇게 내 마음 한구석은 어느 먼 우주로 날아가 버렸고 또 어떤 마음은 아직 이 지구에, 마님 곁에 남아 있었다.

나만 아픈 게
아니었어

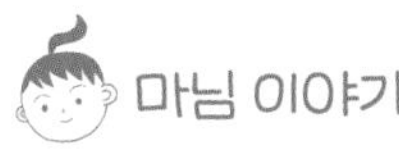

임신하기 전에는 임신을 부정적으로 생각했다. 몸이 망가지고 열 달 동안 고생해야 하며 임신 전에 즐기던 많은 것을 포기해야 한다는 게 큰 기회비용 같았다. 무엇보다 아기는 남자와 여자가 함께 만드는 것인데 왜 여자 혼자만 임신과 출산의 고통을 짊어져야 하는지 불만이었다. 임신 테스트기의 두 줄을 확인한 후 올리버에게 가장 먼저 볼멘소리로 한 말은 "나만 아플 거잖아!"였다.

실제로 내 임신 과정은 순탄치 못했는데, 임신 후반까지도 이어진 입덧 때문에 매 끼니가 전쟁 같았다. 무언가를 입에 넣지 않으면 괴로운 먹덧, 먹으면 토하는 토덧, 침만 삼켜도 어지러운 침덧, 숨만 쉬어도 괴로운 숨덧… 세상의 모든 입덧이 다 내 몫인 것 같았다. 심지어 내 숨결조차 견딜 수 없을 만큼 역겨웠는데, 살아 있는 한 내 숨결에서 벗어날 수가 없으니 그야말로 생지옥이 따로 없었다. 연거푸 구역질하는 동안 위는 타들어 가고 입술은 바짝 말랐다. 먹는 건 죄다 토해대니 나중엔 어떤 음식이 토할 때 좀 더 수월할지 고민해 골라 먹을 정도였다. 드라마나 영화에서 여주인공이 가녀린 손으로 입을 막으며 '우욱' 하는 입덧과는 차원이 다른 종류였다.

고통이 이 정도에 이르자 나는 화풀이 대상을 찾기 시작했다. 첫 번째 대상은 배 속의 아기였다.

잠깐, 왜 내가 배 속의 낯선 생명체 때문에 이렇게 괴로워야 하지? 얼굴도 모르고, 인사한 적도 없고, 아직 사람이라고 부르기도 애매한 작을 생명체를 위해서 이렇게까지 큰 고통을 받아야 하는 거야? 내가 대체 왜?

또 다른 화풀이 대상은 올리버였다. 내가 얼마나 아픈지 아냐며, 아침부터 저녁까지 칭얼대기 일쑤였다. 그런 나에게 올리버는 매번 같은 말을 반복했다. "난 안 아프고 마님만 힘들어서 미안해."

조금 기운을 차린 어느 날, 올리버 얼굴을 보았을 때 나는 깜짝 놀랐다. 세상에! 올리버 얼굴이 나만큼이나 상해 있었다. 내가 입덧 때문에 물과 오트밀 같은 것으로 끼니를 때우는 며칠간, 올리버도 왕성한 식욕을 억누르고 끼니를 대충 때운 것이었다. 먹고 싶은 음식이 있어도 입덧으로 고생 중인 아내 앞에서 차마 먹기가 미안했나 보다.

오랜만에 제대로 된 상차림을 위해 장을 보러 나섰을 때, 신발 앞에서 쩔쩔매는 나를 위해 올리버는 당연하다는 듯 자세를 낮춰 신발을 신겨주었다. 올리버가 신겨준 따뜻한 신발을 신고 돌아다니며 신선한 재료를 샀고, 정성을 담아 저녁상을 준비했다. 그날따라 다행히 입덧이 심하지 않았고, 올리버도 내 컨디션이 나아진 것을 기뻐하며 맛있게 식사했다. 행복한 표정으로 밥을 먹는 올리버를 보며, 임신이 여자 혼자만의 일이라는 생각이 얼마나 이기적이었는지 생각했다. 매일 똑같은 칭얼거림을 듣는 남편의 속이 어떻게 되는지, 칭얼거림을 듣고도 아무것도 해줄 수 없는 무력감에 마음이 얼마나 답답할지는 헤아리지 못했으니까.

아기가 생기면 아빠로서 힘든 일이 많다는 것쯤은 나도 알고 있었다. 하지만 모든 시련은 출산 날부터 찾아오는 줄 알았다. 크나큰 오해였다. 한참 뒤에나 찾아올 거라고 예상한 힘든 시기는, 마님이 임신한 지 고작 6주 만에 시작되었다.

영화에서 묘사하는 입덧은 임신 초기에 몇 번 토하는 게 전부다. 그런 모습만 보았으니, 입덧이란 그렇게 금방, 간단히 끝나는 건 줄 알았다. 마님의 입덧을 지켜보고 나서야 내가 알던 입덧이 얼마나 바보 같은 할리우드의 거짓말인지 알게 되었다. 마님의 입덧은 최악 그 자체였다. 물론 입덧을 직접 겪진 않았지만, 괴로워하는 마님의 표정과 새벽 3시까지 이어지는 구역질 소리를 통해 그 고통을 간접적으로 느껴야 했다.

처음엔 착하고 똑똑하고 이성적인 남편이 되어 의사처럼 마님의 입덧을 분석하고 치료해 보려고 했다. 논리적으로 생각하려 애썼다. 마님이 토해내는 음식을 머릿속에 정리하고 기록했다. '아, 마님은 이 음식을 먹으면 입덧이 더 심해지는구나.'

하지만 그 방법이 통하지 않는다는 걸 깨닫는 데는 그리 오래 걸리지 않았다. 전날엔 게워냈던 음식이 바로 다음 날에는 문제가 되지 않았다. 또 어떤 날에는 괜찮던 음식이 다른 날에는 문제를 유발했다.

이런 황당한 에피소드도 있다. 나는 항상 마님이 쉽게 소화할 수 있는 메뉴, 몸에 좋은 음식을 챙겨주고 싶었다. 패스트푸드는 마님과 배 속 체리에게 가급적 먹이고 싶지 않았다.

그래서 마님이 패스트푸드 체인점의 치즈 퀘사디아를 먹고 싶다고 했을 때, 가게 대신 근처 마트에 갔다. 신선한 재료가 가득 든 퀘사디아를 내 손으로 정성껏 만들어주고 싶었기 때문이다. 그런데 양손 가득 장을 보고 집에 돌아간 나에게 마님은 크게 화를 냈다. 똑같은 퀘사디아인데, 왜 내가 만든 신선한 퀘사디아는 싫다는 거지? 논리적으로 말이 안 되잖아. 마님이 내 마음을 몰라주는 것 같아 속상하기도 했다.

이 문제를 곰곰이 생각해 본 후 내가 내린 결론은 이랬다. 나에게 화를 낸 존재는 마님이 아닌 호르몬이다. 또한 입덧으로 인한 임신부의 반응은 과학처럼 논리적으로 분석할 수 있는 대상이 아니다. 그렇게 믿기로 하자, 내 마음을 알아주지 않는 마님을 더 이상 탓하지 않게 되었다.

또 배운 것이 있다. 입덧이 너무 심하고 고통스러울 때, 마님은 임신한 자신의 상태를 싫어하고 괴로워할 수 있다는 것이다. 어느 날 입덧으로 숨을 헐떡이며 괴로워하던 마님은 “내가 왜 이렇게 고생해야 하지? 왜 얼굴도 못 본 생명체 때문에 힘들어야 할까?” 하고 말해왔다.

솔직히 뭐라고 대답해야 할지 몰랐다. 우선은 긍정적인 메시지를 줘야겠다는 생각에, “힘들지만 아기를 생각하며 힘내자!”라고 말했다. 그 말을 들은 마님은 어쩐지 죄책감으로 더 괴로워했다.

처음엔 내가 이해를 못 할 수밖에 없다고 생각했다. 나는 남자이고 직접 임신을 할 순 없으니까. 하지만 그건 ‘남자니까’라는 이름의 벽을 세워두고 상대를 공감할 기회를 차단하는 것과 같았다. 나였어도 어느 날 갑자기 배 속에 생긴 이름 모를 생명체 때문에 고통을 느껴야 한다면 부정적인 생각이 들지 않을까. 가장 사랑하고 의지가 되어야 할 사람이 그 모습을 보고 '힘내'라고만 말하면 마음이 더 괴롭지 않을까.

나는 생각을 바꾸어, 이제 마님의 모든 감정을 자연스러운 임신의 과정으로 받아들이기로 했다. 마님이 입덧이 너무 괴로운 나머지 임신한 상황 자체를 비관하게 될지라도, 그 감정을 억지로 바꾸려 하지 않았다. 마님의 마음에 크고 어두운 구름이 끼더라도 섣불리 긍정적인 말을 건네지 않고, 구름이 자연스레 걷힐 때까지 그저 옆에서 기다렸다.

그대로도 좋아

임신 당시...
마... 말도 안돼...
65

자꾸만 늘어나는 몸무게에 스트레스를 많이 받았는데...
이래서 애 낳고나면 망가진다고 하는 건가?
원래 내 몸이 너무 그립다...
출산 해도 살이 안 빠지면 어쩌지...

출산 후 1년이 지난 어느날...
어?

그러저럭
봐줄만... 한데?

가슴은 더 성숙한
느낌이 되고
골반은 더 넓어진
느낌...

더 여성스럽고
따뜻한 느낌이야
마음에 들어...흥

풍선 같은 몸매

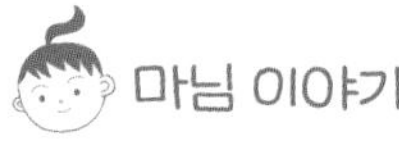

나는 내 몸매가 완벽하다고 생각해 본 적이 없다. 가장 적은 몸무게를 기록하던 시절에도 그랬다. 거울 앞에 서면 자꾸 결점만 보였다. 매끈하지 않은 등. 등을 숙이면 접히는 뱃살. 쭈글쭈글 접히는 허벅지와 셀룰라이트. 결점투성이인 내 몸과 비교해 SNS 속 친구들의 배와 허리는 어찌나 날씬하고 허벅지와 엉덩이는 어쩜 그렇게 탄력 있고 예쁜지. 부러웠다. 그리고 내 결점이 부끄러웠다. 좋아하는 음식을 양껏 배불리 먹고 나면 무거운 죄책감에 짓눌렸다.

그런데 임신을 하고 나니 결점투성이로 보였던 내 몸이 마냥 그리워졌다. 가벼운 몸이었을 때 조금 더 나를 사랑해 줄걸, 멋진 옷을 더 많이 입어볼걸 하고 후회했지만 이미 늦은 것 같았다. 남은 인생은 임신과 출산을 겪은 몸으로 살아가야 할 테니까.

지난 내 몸에 대한 그리움이 커지는 만큼, 두려움도 동시에 커져갔다. 그것은 하루가 다르게 부풀어 오를 내 몸에 대한 두려움이었다. 맞다. 내 몸의 예쁜 맵시를 잃을까 두려웠다.

임신하는 과정 내내 들려오는 여성의 몸에 대한 이야기는 내 두려움을 한껏 부채질했다. '출산 후에는 몸매가 완전히 망가진다', '가슴이 축 처지고 뱃가죽은 늘어진다', '돌아올 수 없는 강을 건너는 거다', '임신 중 찐 살은 절대 빠지지 않는다'와 같은 이야기 말이다. 심지어 임신·출산과 관련된 도서(특히 한국어 책)에도 임신 중 쉽게 비만이 될 수 있으니 체중 증가를 조심하라는 문구가 넘쳐났다. 마치 사회가 나에게 으름장을 놓는 것 같았다. 순식간에 비만 뚱뚱보 아줌마가 될 수도 있으니 조심하라고. 절대 긴장을 늦추지 말라고.

실제로 내 몸무게는 매일 인생 최대치를 갱신하며 치솟았다. 먹은 것은 죄다 게워내고 있었는데도 말이다. 매일 부풀어 오르는 가슴과 배의 무게, 입덧만으로도 고통스러운데, 몸매 걱정까지 해야 한다니. 아무리 생각해도 이상한 일이었다.

더욱 이상한 점은 사회가 나에게 두려움을 심어주면서도 동시에 이런 두려움을 표현하지는 못하게 했다는 것이다. 이따금 용기 내어 몸매에 대한 두려움을 고백했을 때 공감이나 위로의 말을 듣기는 매우 어려웠다. 도리어 철없다는 꾸짖음만 돌아왔다. 임신부가 배 속 아기가 아닌 몸매에 대해서 그렇게 신경쓰고 걱정한다는 것을 사회는 바람직하게 여기지 않나 보다. 모성애가 넘치는 좋은 엄마의 태도가 아니라고 생각하나 보다.

나는 출산 날까지 누구에게도 몸매에 대한 두려움을 털어놓지 못했다. 마음속에 꽁꽁 봉인해 둔 두려움은 외로움을 먹고 더 쑥쑥 자랐다. 마치 비 온 다음 날 새벽 축축한 땅속에서 솟아나는 버섯들과 같이 무서운 속도로 성장했다.

올리버의 시선

미국인인 나의 눈으로 봤을 때 마님의 몸은 날씬한 편이다. 마님을 처음 봤을 때부터 지금까지 늘 그렇게 생각했다. 마님이 나에게 살이 찌고 싶지 않다고 말했을 때, 솔직히 큰 충격을 받았다. 아기가 배 속에서 하루가 다르게 자라나는데 체중이 늘지 않는다는 건 문제가 있다는 뜻이니까.

하지만 마님의 말을 듣고 난 후 조금씩 알게 되었다. 한국에서는 임신하지 않은 사람은 물론, 임신부마저 살이 찌면 안 된다는 사회적인 압박이 있다는 것을 말이다. 심지어 한국에서는 의사가 임신부에게 살이 쪘다고 혼을 내는 경우도 있다고 했다. '임신부라도 살이 찌면 안 된다'는 생각은 나에게 엄청난 충격이었다. 안 그래도 입덧과 호르몬 문제로 힘든 임신부에게 어떻게 체중에 대한 스트레스까지 줄 수 있는 거지?

급격한 체중 증가가 엄마와 태아의 건강에 끼칠 나쁜 영향을 조심하는 차원이라고 하지만, 그럼에도 임신부에게 아름다운 몸매를 갖추라고 강요하는 분위기가 있는 것 같았다. 한국의 문화가 틀렸다고 말할 의도는 없지만 자연스러운 몸이 가리키는 방향과는 전혀 다른 쪽을 가리키고 있는 것 같아, 나로서는 도저히 이해할 수 없었다.

내가 할 수 있는 최선은 아기를 위해 좋은 영양소와 충분한 칼로리를 섭취해야 한다고 마님을 열심히 설득하는 것이었다. 내 마음을 이해해 주었는지 마님은 몸매에 대한 스트레스를 조금 내려놓는 것처럼 보였다. 하지만 입덧은 어찌할 수 없는 일이었기에 마님은 먹은 음식을 죄다 토해버리기 일쑤였고, 심지어 아무것도 먹지 않은 빈속을 게워내길 반복했다. 마님의 몸무게는 자꾸만 떨어졌다. 마님은 어떻게 생각했는지 모르지만 나는 혹시라도 마님과 아기에게 안 좋은 영향이 가진 않을지 얼마나 걱정했는지 모른다.

마님의 입덧이 조금 나아지면서 몸무게도 차차 늘어갔다. 마님은 새로운 몸무게에 대해 별로 신나 보이지 않았지만, 나는 너무나 행복했다. 처음으로 배 속 아기의 존재감을 느낄 수 있었기 때문이다. '진짜 배 속에 아기가 있나 봐. 입덧이 심해도 영양을 흡수하나 보다. 다행이다!' 하는 생각에 무척 만족스러웠다.

임신과 출산으로 몸이 영영 망가져 버릴까 두려워하던 마님과 달리, 나는 잠깐 지나가는 시기일 뿐이라 생각했다. 그도 그럴 것이, 미국에서는 운동을 통해 임신 전보다 멋진 몸을 만드는 엄마가 매우 많기 때문이다. 바다에서 멋진 비키니를 입는 '비키니 맘'처럼 마님도 비키니를 입고 체리를 안은 채 바닷가에서 놀 날이 금방 올 테고, 그때 마님의 건강하고 멋진 모습을 진심으로 축하해 주겠다고 다짐했다.

실제로 2년 뒤, 마님은 비키니를 입고 체리와 함께 해변을 걸었다. 원래의 배를 되찾은 마님은 배가 볼록 나온 체리가 아장아장 걷는 모습을 보며 꺄르르 웃었다. 행복해 보이는 두 사람의 모습을 놓치기 싫었던 나는 잠시도 카메라에서 손을 놓지 못했다. 꺄르르 웃는 소리까지 사진에 담진 못했지만, 그 사진을 볼 때마다 마님과 체리의 행복한 웃음소리가 귓가에 맴돈다.

여자로서의 삶은 끝?

그동안은 코앞에 닥친 일들을 순서대로 처리하며 앞만 보고 달려왔다. 그런 나에게 임신이라는 사건은 지구에 떨어진 커다란 운석과 비슷했다. 운석을 맞으면 기후와 생태계가 완전히 달라지는 것처럼, 내 인생도 커다란 변화 한가운데 놓였으니 말이다. 그 변화가 어떤 모습일지 어느 정도 규모일지 전혀 예상할 수 없는 가운데, 나를 가장 괴롭히는 말이 있었다. 바로 임신을 하고 나면 여성으로서의 삶은 끝이라는 말이었다.

여성으로서의 삶이 끝이라는 말은 대체 무슨 의미일까? 더 이상 아슬아슬한 섹시 드레스를 못 입는다는 뜻일까? 비키니를 입고 해변을 뛰어노는 것은 이제 불가능하다는 뜻일까? 하고 싶은 일을 계속하지 못한다는 뜻일까? 아니면 혹시 여자로서 남편에게 사랑을 못 받는다는 뜻일까? 여자가 아니라 그냥 '애 엄마'가 되니까? 꼬리에 꼬리를 무는 의문에 뒤따르는 불안감. 임신하기 전에는 무심코 지나쳤을 말이 왜 이렇게나 잔인한 가시가 되어 가슴에 콕콕 박히는지… 결국 답답한 마음을 올리버에게 털어놓았다.

"그거 알아? 임신하면 여성으로서 인생은 끝이래."

한숨을 터트리듯 내뱉은 말에 운전석에서 핸들을 잡고 있던 올리버는 잠시 입을 굳게 다물었다. 조금 놀란 눈치였다. 나는 생각했다. 올리버가 곧 부드러운 손으로 내 손을 잡아주겠지. 그리고 따뜻한 말로 날 위로하려 하겠지. 변함 없이 사랑해 줄 테니 걱정 말라고. 내가 배불뚝이 못난이 아줌마가 되어버려도 자기 눈엔 여전히 예쁠 거라고. 그리고 여자로서 많은 걸 잃어버리더라도 아이를 통해 얻는 행복이 더 클 거라고, 그렇게 말해주겠지.

솔직히 그 말을 들어도 기분이 나아질 것 같지는 않았다. 하지만 냉정하게 생각했을 때 그게 최선의 말인 것 같았다. 내 생각에도 아이를 낳으면 여성으로서의 삶은 끝나는 것 같았으니까.

하지만 올리버의 대답은 내 예상을 뒤엎어 버렸다.

"뭐? 그게 무슨 멍멍이 소리야?"

올리버는 전혀 이해를 못 하겠다는 표정이었다. 아하, 한국어가 모국어는 아니다 보니 문맥을 이해하지 못했나 보다.

"영어로 번역해 줄까? 음… When you get pregnant, You're life as an woman ends…"
"아니… (절레절레) 그니까 왜 인생이 끝난다는 건데?"
"이해를 못 하겠어? 답답하네. 영어로는 비슷한 표현도 없나?"
"무슨 표현?"
"임신하면 여자로서 인생은 끝이다… 뭐, 그런 거"
"없어! 마님아. 여기서는 임신하면 여자로서 인생이 더 재미있어질 거라고 생각해."

영어로는 그런 비슷한 말도 없다니. 처음에는 나를 위로해 주려고 하는 말인 줄 알았다. 그런데 다른 미국인 친구들에게도 물어보니 모두 올리버와 비슷한 반응을 보였다. 애를 낳으면 여자로서의 인생이 끝난다는 말을 이해시키는 것부터 어려웠고, 어떻게 이해는 하더라도 공감하지는 못했다. 아기가 생기고 나면 더 새로운 경험을 할 수 있고, 즐거운 일로 가득할 거라고 입을 모아 말했다. 정말 그럴까? 아니면 이 미국인들이 너무 긍정적이라서 그렇게 생각하는 걸까? 그동안 가져온 견고한 믿음에 금이 가며 조금은 혼란스러웠다. 하지만 기분이 나쁘지는 않았다.

올리버의 시선

미국 문화의 영향일까? 미국에서는 부모가 되는 것에 대한 부정적인 표현을 좀처럼 찾기 힘들다. 그래서인지 나는 항상 부모가 되는 것을 긍정적으로 생각해 왔다. 아빠나 엄마가 되면 분명 힘든 일을 많이 겪을 것이다. 하지만 아기를 통해서 얻을 수 있는 가치는 그보다 훨씬 더 클 것이다.

내가 이렇게 생각한 데에는 친구들의 영향이 컸다. 아기가 생긴 친구들은 모두 '아기가 태어나기 전의 삶으로 돌아갈 수 있다고 해도, 절대로 돌아가지 않을 거야'라고 했다. 그렇게 말하는 친구들의 목소리는 자신감에 차 있었다. 그때마다 친구들이 멋져 보였고 또 부러웠다. 나도 언젠가 아빠가 되어 전혀 다른 세상을 경험할 수 있으리라는 기대에 부풀었다. 나는 이런 기대감이 문화와 상관없이 인간이라면 누구나 갖는 본능이라고 생각했다. 하지만 이런 내 생각은 아마 틀렸나 보다.

마님의 입덧은 정말 심했다. 마님이 화장실에서 구역질하며 비명을 지르는 소리를 들을 때마다 내 마음도 너무 아팠다. 그래서 곧 아빠가 될 미래에 대해 내가 얼마나 기대하고 있는지 섣불리 말하기 어려웠다. 마님도 표현을 안 할 뿐이지 당연히 같은 마음일 거라 생각했다. 그런데 마님이 나에게 너무 이상한 이야기를 한다. '엄마가 되면 더 이상 여성으로 살지 못한다'라는 말. 너무 어이없는 말이라 그만 말문이 턱 막혔다. 내 입장에서는 '아빠가 되면 더 이상 인간으로 살 수 없다'는 말과 같았다. 처음에는 내가 한국어 실력이 부족해서 해석을 잘못하는 건가 하고 열심히 머리를 굴려봤다. 하지만 아무리 노력해도 말이 되는 해석을 내릴 수 없었다.

아기가 생기면 분명 부모의 삶은 이전과 완전히 달라진다. 하지만 성 정체성을 잃어버린다는 건 과도한 생각이다. 엄마뿐만 아니라 아빠의 인생도 달라지기는 마찬가지인데. 엄마의 여성성도 아빠의 남성성도 출산과는 무관한 일이다. 아무리 책임감이 무거워지고, 불면증이 생기고, 친구와 약속을 갖지 못하더라도 성 정체성을 잃어버리는 일은 확실히 없다.

나는 아기가 생기고 부모가 되는 것을 인생에서 가장 크고 아름다운 새벽노을을 보는 일로 생각했다. 그런데 마님은 이 순간을 영원히 끝날 저녁노을로 보고 있었다. 나는 마음이 너무 아팠지만, 그래서 더 단단히 결심했다. 아이가 태어나면 그동안 마님이 해왔던 생각이 얼마나 황당하고 말이 안 되는지 직접 보여주겠다고. 아기가 태어나서 더 행복한 여자가 될 수 있도록 내가 할 수 있는 모든 것을 해주겠다고.

부끄럽지 않았던 이유

그런데 정신을 차리고 보니 옆 칸에 누가 있었다!
으아… 더럽다고 생각 했겠지?
부끄러워… 어떡해…

그런데 알고보니 옆 칸 사람의 정체는…
같은 임산부 아주머니
오! 입덧이 아주 심한가 보네요

그것은 입덧으로 인종과 국경을 넘은 따뜻함이었다.
같이 힘내요! 곧 예쁜 아기 볼거예요
Thank you

185

국적 다른
임신부

출산 예정일이 얼마 남지 않은 때였다. 올리버와 쌀을 사러 조금 떨어진 동네의 아시안 마트에 갔다. 10kg 쌀 포대를 트렁크에 실으며, 곧 체리가 태어나 정신이 없더라도 쌀 걱정은 없겠다며 웃었다. 그렇게 든든한 마음으로 집에 돌아가려는데 이런, 아까 먹은 점심이 체리 입맛에 영 맞지 않았나 보다. 집에 도착하려면 30분이 넘게 남은 상황. 구토를 하지 않으려고 최선을 다했지만 노력으로 될 일이 아니었다. 눈 앞이 완전히 하얘져 빨리 차를 세우라고 소리 질렀고, 올리버는 다급하게 근처 주유소로 돌진했다.

차를 세우자마자 정신없이 주유소 안 화장실로 뛰어 들어갔다. 짐승의 울음 같은 괴상한 웩웩 소리와 함께 점심때 먹은 것을 쏟아내고, 콧물과 눈물도 쏟아냈다. 매일 몇 번이고 반복하는 일이라 익숙해질 법한데 늘 처음처럼 괴롭다. 그렇게 볼일을 끝내고 겨우 정신을 차렸을 때, 그제야 인기척이 느껴졌다.

아뿔싸! 옆 칸에 사람이 있었다니! 내가 낸 이상하고 더러운 소리를 다 들었겠어! 순간 얼굴이 빨갛게 달아올랐다. 입덧과 구토가 부끄러운 일이 아닌 건 알지만 마치 초등학교 쉬는 시간에 큰일을 보다 친구에게 들킨 것처럼 창피했다. 내가 할 수 있는 일은 빨리 옆 칸 사람이 화장실 밖으로 나가기를 초조하게 기다리는 것뿐이었다.

하지만 타이밍이 엉켰는지 결국 세면대 앞에서 옆 칸 사람과 마주했다. 거울에 비친 내 얼굴을 흘깃 살피는 것 같아 일부러 시선을 피했었다. 혹시 무슨 비난을 듣게 되는 건 아닐까, 잔뜩 긴장했다. 그런데 예상을 깨고 부드러운 목소리가 나에게 말을 걸었다. "익스큐즈 미?" 하는 소리에 뒤돌아보니 그녀도 나만큼 배가 부른 만삭 임신부였다.

화려한 레깅스로 멋을 부린 그녀는, 본인도 입덧이 심해 고생 중이라고, 그래도 조금만 더 참으면 예쁜 아기를 볼 것 같아 기쁘다고 말했다. 꾸밈없고 간결한 말이었지만 나에게 온기를 전해주기에는 충분했다. 그녀의 말을 듣자마자 콧물과 눈물로 범벅이 된 내 얼굴이 더 이상 창피하지 않았으니까. 그녀는 입덧이 심할수록 아이가 건강하게 태어난다는 말을 들었다며, 자기는 긍정적으로 생각한다고 웃었다. 피부색과 국적, 언어는 달랐지만 우리는 똑같이 엄마였다. 임신만이 줄 수 있는 특별한 경험이었다.

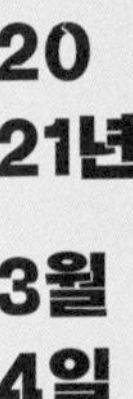

마침내 출산 당일

올리버는 나가 있어도 괜찮아…

하아…

하아…

싫어! 옆에 꼭 붙어서 응원할거야

이때가 1차 멘붕의 순간이었다...
뭐...
뭐요...?

올리버... 최대한 내 얼굴 쪽만 봐줘... 아래쪽은 최대한 보지마...
으...응

그리고 4시간 힘주기 중...
꺄아으으으으
조금만 힘내!!!
헉헉
헉헉

그때…
남편분!
빨리 여기 아래
확인해보세요!
다급
다급
예…?

허어엇!
다리 사이에
아기 머리카락이
보이시나욧!!!

이때가 2차 멘붕이었다
콰
광

솔직히 나는 크게 당황했다
이렇게 직접적으로 보게 하다니…
올리버가 징그러워 하면 어떻게 하지?
하아…
하아…

하지만 올리버의 반응은…
와아아! 진짜 체리의 머리카락 이다!
세상에…

올리버 눈에 감동의 눈물이 고여있었다
마님을 닮은 짙은 색 머리카락이야
흑흑… 너무 예뻐…

192

더러워도 돼요

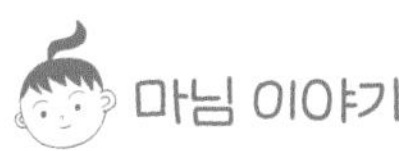

마침내 마주하게 된 결전의 날. 무거워진 배를 두 손으로 감싸고 뒤뚱거리며 차에 탔다. 아침 8시까지 병원에 도착해야 했기에 아직 하늘은 캄캄했다. “이렇게 둘이 차 타는 것도 오늘이 마지막이겠지?” 뒷좌석에 설치된 빈 카시트를 흘깃 바라보며 올리버가 말했다. 다시 집에 돌아올 때는 저 카시트에 체리가 앉아 있을 것이다. 분만에 대한 두려움과 체리를 만날 기대감으로 기분이 묘했다.

병원에 도착하자마자 곧장 분만실로 안내되었다. 대기부터 분만까지 같은 방에서 이루어질 모양이었다. 분만실 분위기는 생각보다 아늑했다. 차가운 병원이 아니라 여행지의 호텔이 연상

될 정도였다. 간호사 두 분이 들어오더니 친절하게 나를 침대에 눕혀주었고, 분만의 진행 순서를 알려주었다. 곧 양수가 터지고, 자궁문이 열리며 진통이 느껴지면 본격적인 분만이 시작된다고 했다.

간호사와 대화가 미처 다 끝나기도 전에 갑자기 다리 사이에서 따뜻한 무엇인가가 왈칵하고 나오는 게 느껴졌다. 양수였다. 그런데 물처럼 맑고 투명했던 내 상상 속 양수 이미지는 현실과 거리가 있었나 보다. 비릿한 냄새가 코를 찔렀다. 이것이 고작 시작이겠지. 곧 피도 쏟아지고 태반도 쏟아지고… 온갖 괴이한 것들이 이 아래로 쏟아지겠지? 불쾌한 냄새를 맡으며 나는 왠지 수치스러워졌다. 혹시나 간호사들과 올리버가 얼굴을 찌푸리지는 않을지 곁눈질로 그들의 표정을 살피기도 했다.

이내 강한 진통이 파도처럼 몰려왔고, 본격적으로 분만을 시작하려는지 흰 가운을 입은 의사가 들어왔다. 그는 간단한 인사를 한 후, 분만 시 힘주는 방법을 설명했다. 그것은 바로, 응가하는 기분으로 힘을 주라는 것. "네, 응가하는 기분으로요? 지금 느껴지는 비릿한 냄새도 부끄러운데, 그러다가 방귀까지 나오면 어떡해요?" 당혹감을 감추지 못한 내 질문이 우스웠는지 의사와 간호사 모두 나를 보며 웃었다.

"세상에 깨끗하고 예쁜 출산은 없어요. 땀 나고 냄새나고 지저분할 거예요. 하지만 그게 출산이에요."

선생님의 대답은 생전 처음 들어보는 말이었다. 그 말을 듣는 순간 수치스러운 감정이 눈 녹듯 사라졌다. 출산하는 동안은 마음껏 더럽고 흉해도 괜찮구나. 마치 면죄부를 받은 것처럼 마음이 편안해졌다.

올리버의 시선

마님은 출산하는 장면을 한 번도 본 적이 없다고 했다. 물론 직접 목격하긴 어렵겠지만, 영상으로도 본 적 없을까? 미국 학교에서는 교육 목적의 영상 자료를 종종 보여주는데, 그 때문인지 여성의 몸에서 문이 열리고 아기의 머리가 나오는 모습이 크게 징그럽거나 충격적이진 않았다. 충분히 자연스러운 일로 느껴졌다.

실제로 분만하는 날 침대에 누워 있는 마님을 보았을 때도 많이 낯설거나 이상하지 않았다.

하지만 마님은 어쩐지 자신이 없어 보였다. 낯선 의사와 간호사 선생님들의 표정을 불안하게 살피는 눈빛이었다. 그런 마님의 걱정과 다르게, 의사와 간호사 선생님들은 누구도 인상을 찌푸리거나 불편해하지 않았다. 오히려 마님에게 모든 게 자연스러운 과정이라고 부드럽게 말해줬다. 마님은 그 말을 듣고 나서야

마음이 좀 편해진 것 같았다.

나는 마님이 마음을 더 편하게 가질 수 있도록 돕고 싶었고 그래서 분만 중 진통이 사그라들 때마다 말을 걸었다. 모두가 영어를 쓰는 가운데 우리만 한국말을 할 수 있다는 사실이 참 좋은 순간이었다. 아무도 우리 말을 이해하지 못하니 애써 소곤거리지 않아도 우리만의 비밀스러운 대화를 나누는 것 같았기 때문이다.

"있잖아, 마님아. 걱정 마. 의사와 간호사 선생님들은 이런 상황을 하루에 두세 번은 볼 테니까 어떤 일이 일어나도 절대로 이상하다고 생각하지 않아."

"올리버는? 올리버는 처음 보잖아. 징그럽지 않아?"

"전혀. 마님은 인간이잖아. 그러니까 인간답게 출산해야지. 다 자연스러운 일이니까 걱정하지 마."

다리를 잡으라니!

마님 이야기

분만 과정을 남편과 함께한다는 것. 이미 올리버와 여러 번 깊은 대화를 나눈 주제였다. 올리버는 몇 번이고 괜찮다는 말로 나를 다독였다. 모든 과정을 함께하고 싶다고 말하는 올리버의 두 눈엔 자신감이 넘쳐 보였다. 하지만 내 몸에서 일어나는 일이라 그런지 정작 나는 그만큼 자신감 있지 않았다. 한국에서는 남편이 분만 과정에 참관하더라도 커튼으로 임신부의 하반신을 가려주던데, 미국에는 그런 커튼조차 없었다. 결국 내가 택한 방법은 출산 도중 최대한 올리버의 손을 잡고 있는 것이었다. 올리버가 내 머리맡에 있으면 적나라한 장면을 보지 않으면서도 가까이서 나를 응원해 줄 수 있을 테니까.

"올리버, 분만 시작하면 내 머리맡으로 와서 손잡아 줘. 알았지?"

"알았어. 그렇게 할게."

하지만 분만이 시작되자 상황은 내 생각과 다르게 돌아갔다. 아무도 나에게 남편의 참관을 원하는지 의사를 묻지 않았다. 올리버에게도 묻지 않았다. 심지어 간호사는 올리버에게 내 한쪽 다리를 내어주며 단단히 잡으라고 지시했다.

아, 안 돼! 그러면 올리버는 모든 징그러운 장면을 정면으로 보게 될 거야! 처음에는 간호사가 농담하는 줄 알았으나 그의 표정은 출전을 앞둔 군인처럼 진지했다. 아니, 미국 의사와 간호사들은 출산 트라우마라는 것도 모르나? 올리버가 체리가 태어나는 장면에 충격받고 나를 덜 사랑하게 될 수 있다고! 하지만 이 간호사들은 출산 과정에 남편이 동참하는 게 너무 당연하고 자연스러운 일인 양 행동했다.

잠깐 진통이 잦아든 틈에 용기를 내어 간호사에게 질문했다. 출산 트라우마 이야기를 들어본 적 없냐고. 생전 처음 들어본다는 간호사의 반응에, 올리버가 옆에서 설명을 도왔다. 설명을 다 듣고 나서 간호사들은 황당하다는 듯 너털웃음만 지어 보였다.

올리버의 시선

간호사 선생님이 들어와서 확인하더니, 자궁문이 10cm까지 다 열렸다고 했다. 본격적인 분만이 곧 시작된다는 신호였다. 의학 지식이 없어도 분위기만으로 알 수 있었다. 갑자기 간호사들이 의료 도구를 이리저리 움직이기 시작했으니까. 마님은 조금 불안해졌는지 내 손을 찾았다. 내 손을 꽉 잡더니 놓지 말라고 했다.

그때 간호사 한 분이 갑자기 나를 찾았다. 분만실에 계속 있을 생각이냐는 질문에 그렇다고 대답을 하자마자, 갑자기 마님의 오른쪽 다리를 가리키더니, 그쪽을 잡고 분만을 도우라고 말했다. 그저 남편이었던 내가 졸지에 간호사가 되는 순간이었다. 솔직히 놀랐다. 분만 과정 내내 마님 옆에 있어주겠다는 마음은 먹었지만, 직접 분만을 돕게 될 줄은 꿈에도 몰랐으니까. 이미 출산을 경험한 친구들도 전혀 언급하지 않은 상황이었다. 지금 되짚어 생각해 보니, 당시 텍사스에 찾아온 기록적인 한파와 코로나로 인해 의료진이 충분하지 않았던 것 같다. 남편의 손이라도 빌려야 할 만큼 급박한 상황이 아니었을까?

그런데 그 말을 들은 마님이 많이 놀랐는지 출산 트라우마 이야기를 꺼냈다. 우리의 설명을 들은 간호사는 황당하다는 듯 웃어 보였고, 나에게 아기를 보고 무서워서 기절할 것 같다면 분만실에서 나가도 좋다고 말했다.

당연히 나가고 싶지 않았다. 나의 사랑스러운 체리를 보고 기절할 것 같지도 않았다. 간호사의 일을 대신해야 하는 상황에 놀라고 당황한 건 맞지만, 당장 분만의 고통을 겪어야 할 마님에 비하면 내 감정쯤이야 아무것도 아니었다. 나는 계속 분만실에 있고 싶다는 의사를 전한 뒤, 마님의 오른쪽 다리를 잡았다. 그렇게 분만에 직접 참여했다. 간호사는 나에게 임신부를 도울 방법을 알려주었고, 나는 상관의 명령에 충실한 군인처럼 간호사의 모든 지시를 철저히 따랐다. 출산 과정에 집중하다 보니 머릿속 온갖 잡념과 걱정이 금세 사라졌다. 그리고 딱 하나만 남았다. 체리를 만난다는 생각이었다.

마지막의
마지막의
마지막

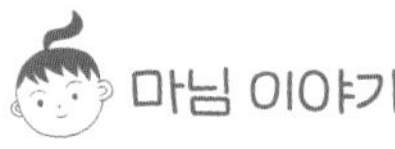

"체리 머리가 보여. 체리 머리카락이 마님 머리카락처럼 짙은 갈색이야. 그리고 곱슬머리야. 엄청 예뻐."

올리버의 외침에 정신이 번쩍 들었다. 진통이 시작된 지 6시간 만이었다.

진통은 배려 따위 눈곱만큼도 없는 존재였다. 진통이 파도처럼 몰려올 때면 온몸의 힘을 한곳에 집중해야 했고, 힘을 주는 10~15초 동안 숨을 힘껏 들이쉰 채 꾹 참아야 했다. 조금이라도 숨이 새어 나가면 숨과 함께 힘도 새어 나간다는 간호사의 질책이 쏟아졌다. 그렇게 한 차례의 진통이 끝나고 나면 숨을 채 가다

듣기도 전에 다음 진통이 몰려왔다. 숨이 턱 끝까지 차오른 가운데, 숨을 조금이라도 쉴라치면 누군가가 내 머리를 물속으로 첨벙 담가버리는 느낌이었다.

빠르게 지쳐가는 중에 체리 머리의 등장은, 어두운 터널을 통과하는 사람에게 비춘 한 줄기 빛과 같았다. 이제 체리의 머리가 나오는구나, 곧 세상에 나온 아이를 품에 안을 수 있겠구나! 간호사 역시 마지막으로 힘을 주라며 힘차게 나를 응원했다.

"이번이 정말 마지막이에요. 한 번만 제대로 힘줘 봅시다! 하나, 둘, 셋!"

문제는 그 말이 몇 번이나 반복되었다는 것이다. 끝이 코앞에 왔다고, 이번이 정말 마지막이라고 믿고 온 힘을 쥐어짰는데, 그러고 나서도 다음 마지막이 찾아왔고, 또 그 다음 마지막이 뒤따랐다. 마지막이 반복될수록 어쩔 수 없이 힘은 빠지고 마음은 지쳐갔다.

알고 보니 체리의 자세가 거꾸로 되어 있었다. 자궁을 향해 있어야 하는 얼굴이, 내 배꼽 쪽을 향해 있었다. 내진하러 온 의사는 체리의 자세 때문에 출산이 지연되고 있다는 소견을 냈다. 체리 머리둘레가 큰 편이라 더 난산이 된 것 같다는 말을 덧붙였다. 그 와중에도 우리에게 용기를 주고 싶었는지, 보통 이런 경우엔 제왕절개를 하지만 희망이 전혀 없진 않으며 산모가 집중만 잘하면 자연분만도 가능하다고 말해주었다.

수술하지 않을 수 있다는 건 분명 좋은 소식이었다. 하지만 화가 나는 것도 사실이었다. 나는 일찍부터 체리의 머리둘레에 대해 걱정했는데 왜 의사는 분만 직전까지 그게 신경 쓰지 않았을까? 어째서 태아 자세가 잘못되어 있다는 사실을 진통 6시간 만에 진단하는 걸까?

내원 때마다 초음파 진단을 해주는 한국과 다르게, 미국 산부인과는 많아야 세 번 정도다. 나의 초음파 진단 역시 임신 8개월 차에 했던 게 마지막이었다. 산달이 되었을 때는 줄자로 배꼽과 배의 둘레를 재어 태아의 성장 여부를 대충 가늠한 게 다였다. 그러다 보니 분만이 시작되고 나서야 이런 문제점을 발견하게 되는 것이다.

하지만 지금 와서 분통을 터트린다고 바뀌는 건 없을 테지. 6시간이 걸려 겨우 머리끝만 확인했는데, 더 노력한다고 정말 분만이 가능할까? 20시간째 물 한 방울도 허락되지 않은 가운데, 사정사정해서 올리버가 건네는 얼음 조각 몇 개만 간신히 입에 넣을 수 있었다. 작은 얼음 조각들이 더운 입안에서 금방 녹아 사라졌다. 녹아버린 얼음과 함께, 나에게 남은 작은 자신감마저 녹아 없어지는 것 같았다.

올리버의 시선

체리의 머리카락을 처음 봤을 때 에너지가 1000퍼센트 충전된 기분이었다. 하지만 거기서 한참을 멈춰 있었다. 갖은 시도에도 체리는 똑같은 위치에서 움직일 생각을 하지 않았다. 아기 얼굴을 보고 한껏 상기되었던 의사의 표정은 다시 라스베이거스 도박꾼의 무표정으로 돌아갔다. 마침내 입을 연 의사는 아기 얼굴이 하늘을 보고 있는 '서니 사이드 업' 자세 때문에 아기가 제대로 나올 수 없다고 했다. 그 말과 동시에 충전되었던 에너지가 다시 바닥으로 추락했다.

마님은 답답하고 조금은 화가 난 것 같은 목소리로 물었다. "왜 이제 와서 체리의 자세가 문제라고 하는 거야? 의사가 미리 알았어야 하는 거 아니야?" 나도 병원에 화를 내고 싶었다. 이미 한국과 다른 미국의 복잡한 의료 시스템 때문에 골치가 아팠는데, 왜 임신부가 출산 날까지 고통을 받아야 하는지 억울했다. 의사가 알아챌 수 없게 한국어로 마님과 불만을 나눴다. 그런데 신기하게도 의사는 우리가 무슨 대화를 하는지, 어떤 감정 상태인지 금세 파악한 것 같았다. 곧 나에게 다가와서는 다정한 목소리로 말을 건넸다.

"걱정이 많지? 이해해. 그런데 제왕절개 안 해도 될 거야. 내가 정말 최선을 다할 거고 네 부인은 무사히 자연분만할 거야."

믿어도 되는 말인지 우리를 안심시키려고 괜히 하는 말은 아닌지 확인할 길은 없었지만, 그래도 그 말을 듣자 마음이 한결 편해졌다. 실제로 우리가 간 병원은 제왕절개 비율이 낮다는 것을 장점으로 내세운 곳이었고, 그것은 웬만한 난산 상황에서도 의료진이 자연분만을 위해 끝까지 노력한다는 뜻이었다. 어려운 상황에도 포기하지 않고 최선을 다하려는 의료진의 모습을 보자

안도감에 미소가 지어졌다. 나의 표정을 본 마님이 물었다.

"뭐야? 뭐가 웃긴데?"

"아냐. 그냥 예감이 좋아. 자연분만으로 체리를 볼 수 있을 거야. 걱정 마"

마님은 나의 부푼 자신감을 이해하지 못한 것 같았다. 하지만 금방 이해할 거라고 믿었다.

네게 건넨 첫 마디

고통으로 기절하려는 찰나...
흐아아앙
Here's your baby

그렇게 체리를 처음으로 품에 안았는데...
이게 내 피와 살로 만든 생명체...?
얼떨떨...

보다 못한 간호사의 한마디
Say 'Hi' to your baby
(아기에게 '안녕' 해보세요)

하...하이
쑥스...
쑥스...

그렇게 인사를 한 순간
가슴위에 눕히자
날 올려다보는 체리

체리는 나의 사랑스러운 아기가 되었다
흑흑...
내가 만든 것
중에서
제일
예쁘잖아...

209

마침내 너를 안고

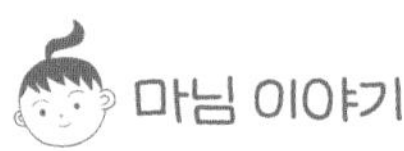

시곗바늘은 벌써 자정을 가리키고 있었다. 나는 아직도 제자리였다. 애써 밝은 표정을 유지하던 의사도 더는 무리였는지 굳은 얼굴로 내 주변을 한참 서성이더니 절망스러운 혼잣말을 내뱉었다.

"아마 다른 방법을 써야 할 수도 있겠군."

개미처럼 작은 소리였지만 다들 들어버렸나 보다. 힘주라고 외치던 간호사들의 목소리도 시들해졌다. 반쯤 포기한 듯 분만 침대에서 손을 떼는 움직임이 느껴졌다. 나와 함께 열정적으로 호흡해 주던 사람이 사라지자, 아주 오랜만에 혼자 덩그러니 남겨진 기분이었다. 조용하고 평화롭지만 동시에 사무치게 두려운 감정이 파도처럼 밀려왔다. 7시간을 고생해 놓고 이렇게 수술실로 가게 되는 걸까? 그건 싫어.

다급해진 나는 몰아치는 두려움을 동력 삼아 미친 듯이 힘을 주기 시작했다. 아무도 응원해 주지 않고 용기를 주지 않는 가운데, 이 상황을 헤쳐 나갈 존재는 오로지 나뿐이라는 생각이었다. 금방이라도 탈진할 것 같았다. '이렇게 탈진해서 의식을 잃으면 아마 자연스럽게 수술실로 옮겨지겠지' 하고 생각하던 그때, 갑자기 의사의 눈빛이 바뀌었다. 의료진 몇몇이 다급하게 분만실에 뛰어 들어왔고, 곧 태어날 아기를 위해 마련된 침대 열 램프에 불이 켜졌다.

"체리가… 나오고 있어? 나 잘하고 있어?"
"응! 잘하고 있어!"
"처음부터 잘하고 있다고 했잖아. 지금은 진짜로 잘하고 있는 거 맞지?"
"응! 이제 머리가 완전히 보여!!! 내 말 믿어!!!"

그리고 한순간, 우지끈하고 살이 찢어지는 게 느껴졌다. 비유하자면, 아주 질긴 가죽 재킷이 완력으로 찢어지는 느낌이랄까. 너무 고통스러웠지만 이를 악물면 치아가 다 부서질 것 같아, 입을 벌리고 소리 없는 비명을 질러야 했다. 살이 찢어지는 통증. 그와 동시에 의사와 간호사들의 환호 소리가 들렸다.

"다 왔어요! 이제 마지막 진통입니다. 진짜 마지막이에요. 하나, 둘, 셋!"

정말로. 진짜로. 그 뒤의 추가 마지막이 없는 진짜 마지막. 최후의 진통과 함께 머릿속이 완전히 하얘졌다. 주변 간호사들이 모두 박수를 쳤다. 분홍색, 회색, 빨간색, 까만색이 뒤엉킨 작은 살덩이가 내 맨가슴에 와락 안겼다.

올리버의 시선

나는 체리가 태어나는 장면을 정면에서 목격했다. 마님의 몸에서 체리가 나오던 그때, 피, 태반, 그리고 온갖 다른 액체가 함께 쏟아지는 것을 보았다. 가장 먼저 체리의 머리, 뒤이어 몸과 팔이 나왔고, 마지막 다리에 이어 로켓 불이 발사하는 것처럼 피가 흘러 나왔다. 피보다 더 생생하게 기억나는 것은 태반이 바닥으로 떨어지던 소리다.

이 순간을 마주하기 전 스스로 단단히 다짐했다. 엄청 징그러운 장면을 목격하겠지만 놀라지 않은 척 노력해야 한다고.

그런데 예상했던 순간이 실제로 찾아왔을 때 내가 느낀 감정은 '징그럽다'보다는 '신기하다' 쪽에 가까웠다. 체리의 피부에는 여전히 피가 묻어 있었고 검은 머리도 아직 양수로 젖어 있었다. 하지만 거기에선 어떤 거부감도 느껴지지 않았다. 피와 태반이 아니었다면 체리라는 소중한 아기도 존재할 수 없었을 테니 징그럽긴커녕 고마운 존재였다. 건강하고 기운찬 아기 모습에 그저 기쁜 마음만 가득했다.

이후 출산 과정에 참여하며 느낀 감동을 영상으로 올렸을 때 많은 아빠가 나에게 깊이 공감해 줬다. 그런데 어떤 남자들은 '나도 옆에 있고 싶지만 비위가 너무 약해서 힘들다'라는 의견을 주었다. 만약 정말 비위가 약해서 스트레스를 받을 것 같다면, 솔직히 그 선을 억지로 넘지 말라는 말을 해주고 싶다. 남편의 마음이 약해지면 분만으로 이미 힘겨운 배우자에게 방해만 될 테니까.

하지만 보지 않겠다고 말하기 전에 큰 그림을 한번 그려보면 좋겠다. 삶에 대한 그림 말이다. 우리는 나이가 들수록 주변에서 일어나는 많은 일을 시시하다고 느끼게 된다. 그런데 사랑하는 사람과 같이 창조한 존재를 처음 만나는 순간은 우리 인생을 크게 뒤바꾸는 딱 한 번뿐인 순간이다. 그 마법 같은 순간은 죽을 때까지 머릿속에 남는다.

솔직히 고백하건대, 나도 비위가 약한 편이다. 하지만 체리가 세상에 찾아오던 순간 나는 오로지 체리와 마님에게만 집중하고 있었고, 주변의 태반이나 피는 기억에 거의 남지 않을 만큼 눈에 들어오지 않았다. 무엇보다 출산 과정을 함께하면서 마님, 그리고 체리와의 관계가 훨씬 더 돈독해졌다. 인생을 풍요롭게 만들어주는 것은 결국 관계다. 가족과 튼튼한 관계를 쌓아갈 때 우리 인생은 분명 더 행복하고 충만해진다.

사랑에 빠진
순간

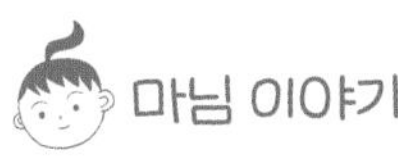

내 맨가슴에 안긴 체리. 그때 내 시야에 처음 들어온 것은 체리의 목덜미와 등에 난 까맣고 빽빽한 솜털이었다. 귓바퀴에도 까만 털이 나 있었다. 엉덩이골 바로 위에 난 털은 유난히 길어서 마치 꼬리 같았다. 꼭 원숭이 같네… 아기는 원래 이런가?

체리가 고개를 들어 생각에 잠긴 내 쪽을 올려다보았다. 갓난아기가 눈을 뜨는 경우는 흔치 않다는데 체리는 또렷이 뜬 눈으로 나와 눈을 맞췄다. 신생아의 시력이 좋지 않다는 것은 나중에 알게 된 사실이지만 말이다.

처음 만나는 작고 숭고한 존재에 그만 말문이 턱 막혔다. 체리를 처음 만나는 순간, 순식간에 감동이 몰려올 줄 알았던 나의 예상은 보기 좋게 빗나갔다. 주인공이 감동의 눈물을 쏟는 드라마와도 달랐다. 인생에서 처음 겪는 상황이었고 어떤 감정을 어떻게 느껴야 할지 알지 못했다. 그저 내 품에 안긴 존재가 너무 낯설어서, '아하… 그쪽이 내가 낳은 아기군요. 처음 뵙겠습니다' 하고 손을 내밀어 악수해야 할 것만 같은 기분이었다. 아기를 말없이 쳐다만 보는 내가 답답했는지 간호사가 말을 걸어왔다.

"아기한테 인사 좀 해보세요. 그쪽 딸이잖아요."

그제야 나는 체리에게 말을 건넸다. '안녕' 하고 꺼낸 짧은 그 인사말이 마법과 같았다. 그 말을 내뱉자마자 가슴 깊숙한 곳에서 감동이 밀려왔다. 처음으로 아이와 사랑에 빠졌다.

'그래, 너구나. 내가 죽는 날까지 딸이라는 이름으로 나와 영원히 이어져 살아갈 존재가 바로 너구나. 내가 너의 엄마야. 잘 부탁한다.'

내 마음속 말을 들은 걸까? 체리는 조용히 내 눈을 바라보며 눈을 깜빡였다. 간호사는 체리가 그때까지도 울음을 터트리지 않는 것을 이상하게 여겼는지 내 품에서 체리를 가져갔다. 이윽고 체리 몸을 거꾸로 번쩍 들어 올려 엉덩이를 때렸고 마침내 체리는 울음을 터뜨렸다. 분만실을 가득 채울 만큼 아주 우렁찬 울음소리였다.

올리버의 시선

마님의 가슴 위에 체리가 안겨 있을 때 처음 체리를 자세히 들여다봤다. 체리는 너무 작고 약해 보였다. 몸을 가만히 고정한 채 아무 소리도 내지 않는 아이를 그저 넋 놓고 바라봤다. 그때 체리가 고개를 살짝 돌렸다. 그 작고 연약한 몸이 만들어내는 움직임은 아침 해가 뜨는 것처럼 자연스럽고 부드러웠다. 이 아름다운 움직임에 내 마음은 신나게 요동쳤다.

체리가 마님 쪽으로 얼굴을 돌리더니 눈을 떴다. 체리의 눈과 마님의 눈이 마주쳤다. 두 사람의 눈이 마주치는 순간, 단단한 자물쇠가 두 사람 사이를 콱 걸어 잠근 것처럼 보였다. 나는 마님의 눈을 보고 체리의 눈을 보고, 다시 마님의 눈을 봤다. 아름다운

이 순간이 내 영혼까지 투사될 수 있도록 흡수했다. 그리고 생각했다. '이건 딱 자연이 원하는 순간이야. 이 세상의 모든 인간은 이런 아름답고 순수한 순간으로 삶을 시작했구나.' 딸이 세상에 도착한 순간을 직접 목격한 건 내 인생 가장 큰 축복이다.

곧 간호사가 마님 품에서 체리를 꺼내어 하얀 이불로 작은 몸을 감쌌다. 체리 입에서 울음소리가 터져 나왔다. 우렁찬 소리는 나의 마음속 혹은 나의 DNA 어디엔가 각인돼 있을지 모르는 본능적인 감정을 건드렸다. 무슨 일이 있어도, 내가 죽는 한이 있어도 체리를 보호해야 한다는 의무감이었다. 그 순간 머릿속 생각의 전환이 시작됐다. 비로소 자식을 보호하기 위해 몸을 던져 총알을 막는 부모님의 희생이 '대단한' 것이 아닌 '당연한' 것임을 이해하게 됐다. 산속에서 커다란 엄마 곰이 갑자기 등산객을 공격할 때 그 곰은 '미친 곰'이 아니라 '엄마다운 곰'이었음을 깨달았다. 체리를 위해서라면 무엇이든 할 수 있는 '아빠 곰'으로서 얻은 깨달음이었다.

체리가 태어나고 몇 달이 지난 후 마님은 큰 고백이라도 하듯 조심스럽게 말했다. 체리를 처음으로 만났을 때 바로 사랑에 빠지지 않았고, 영화나 드라마 같지도 않았다고.

당연히 그럴 수 있다고 생각했다. 마님 인생에서 처음 경험하는 출산이고, 어떤 감정을 느껴야 할지 미리 연습할 수도 없었기 때문이다. 영화나 드라마에 나오는 출산 장면과 비교할 필요도 없다. 중요한 건 마님이 체리를 처음 만난 순간을 기억할 수 있다는 사실이다. 체리가 태어난 순간은 마님과 내 마음에 영원히 새겨졌다. 세월이 흐르면 그 순간은 오래된 와인처럼 숙성되고 더 소중해질 것이다. 몇십 년이 지나도 우리는 그 순간을 돌아볼 것이고, 그때마다 얼굴에 행복한 미소를 띨 것이다.

회복실에서의
만 하루

출산 직후 휠체어에 앉아 회복실로 이동 중이었다. 따뜻하고 작은 체리를 품에 안은 채였다. 눈이 마주치는 간호사들마다 환하게 웃으며 박수를 쳐줬다. 축하한다, 딸 예쁘다는 찬사도 쏟아졌다. 올림픽에서 금메달을 따고 고국에 돌아온 선수의 마음이 이럴까? 이 세상 가장 위대한 챔피언이 된 기분이었다.

회복실에 도착한 나에게는 금메달은 아니지만, 금메달만큼 값진 샌드위치가 돌아왔다. 내가 거의 24시간째 공복 상태임을 알게 된 간호사가 구해다 준 터키햄샌드위치였다. 모든 레스토랑과 가게가 문을 닫은 새벽 시간, 의료진을 위한 간식 냉장고에서 가져온 무료 샌드위치는 거친 호밀 빵 두 쪽 사이에 얇은 햄과 마요네즈만 올라간 간소한 음식이었다. 하지만 그 순간 내게는 세상 최고의 진미가 따로 없었다. 9개월 만에 입덧 없이 먹은 음식이었기 때문이다. 한 입 한 입 햄의 짭짤하고 고소한 맛을 천천히 음미하며 먹었다. 호밀빵 중간중간 씹히는 곡물도 고소하기 그지없었다. 아주 오랜만에 음식으로 행복함을 느꼈다.

샌드위치의 기쁨이 채 가시기도 전에 첫 번째 임무가 주어졌다. 간호사는 내게 패드를 갈아야 한다고 했다. 영문을 모른 채 몸을 일으켜 침대 밖으로 발을 내디딘 순간, 갑자기 배에서 무거운 액체가 와르르 쏟아졌다. 아주 큰 양동이에 가득 채운 물을 바닥에 쏟아붓는 느낌이었다. 곧 내 허벅지 사이가 따뜻해졌다. 다리 사이 감각이 무뎌진 상태였기 때문에 무슨 일이 일어난 건지 바로 파악할 수 없었고, 하얗게 질린 얼굴로 간호사에게 물었다.

"뭐지? 지금 저 실수한 거예요? 오줌 싼 거예요?"

간호사는 태연하게 미소 지으며 말했다.

"걱정하지 마세요. 피예요. 자연스러운 거예요."

나를 화장실로 데려간 간호사는 내가 바지를 내리고 출산 후 첫 소변을 볼 수 있도록 도와줬다. 출산 후 첫 소변과 대변은 내가 평생 겪어왔던 어떤 과정과도 전혀 다른 느낌이었다. 바지와 속옷을 내리고, 찢어진 부위가 아프지 않게 물을 뿌렸다. 휴지로 조심스럽게 젖은 부위를 훔치고, 말리고, 피로 흠뻑 젖은 패드를 버리고, 새로운 패드를 속옷에 붙이고 옷을 추켜올렸다. 모든 과정이 험난했다. 간호사는 내가 할 수 있는 부분은 알아서 하도록 했고, 내가 힘들어하는 부분은 손을 내밀어 처리해 줬다. 나를 수치스럽게 하는 것은 전혀 없었고, 모든 손길에서 상냥함이 느껴졌다.

사람들의 도움 속에서 만 하루를 보내고 난 후, 의사는 퇴원을 앞둔 우리에게 다정한 목소리로 지금 기분은 어떤지, 혹시 우울감이 들지는 않는지 간단한 질문을 해왔다. 나는 수술 없이 건강한 출산으로 이끌어준 선생님께 너무 감사하다고 말씀드렸다.

그런데 잠깐만, 뭔가 빠진 것 같은데. 퇴원하는 이 순간까지 내 아래에서 어떤 일이 일어났는지 왜 아무도 말해주지 않지? 충격받지 않도록 출산 직후에는 말을 아껴두고 적정한 시기를 보고 있던 거 아니었나? 나는 이제 들을 준비가 되었는데….

흔들리는 내 눈빛을 읽지 못했는지, 의사는 마지막 인사를 하고 돌아섰다. 나는 조급하게 그를 붙잡았다.

"저, 선생님. 질문이 있어요. 제 아래는 지금 상태가 어떻죠?"

영어가 모국어가 아닌 나는 최대한 자연스러운 단어를 고르려 애썼다. 그럼에도 서툰 표현이었을 것이다. 아래에 대한 질문은 한국어로도 해본 적이 없으니까. 선생님은 그제야 조심스럽게 귀띔해 주셨다. 내용인 즉, 세 방향으로 찢어졌고 2도 열상을 입은 상태라는 것이었다.

한 방향도 아니고 두 방향도 아니고 세 방향이라니! 놀란 내 표정을 보고 의사는 너무 걱정하지 말라며 시간이 다 해결해 줄 거라고, 마음을 편하게 먹으라고 했다. 따뜻하게 손도 잡아주었다. 손이 너무 따뜻해서, 그 순간만큼은 꼭 의사와 환자가 아닌 친한 언니 동생 사이 같았다. 그래도 세 방향은 여전히 충격이었다. 제대로 아물 수 있을까, 그 전과 비슷한 모습으로 돌아갈 수 있을까 하는 의문이 좀처럼 가시질 않았다.

오줌 싸어….

마님 이야기

결국 집에 도착했다. 고작 이틀 밤을 비웠을 뿐인데 벌써 집이 낯설었다. 이틀 동안 너무 많은 일이 일어났고, 나는 이틀 전의 나와 아주 다른 사람이 되었다. 내가 달라졌기 때문일까. 공기처럼 익숙했던 집의 잔디와 나무들 역시 약간씩 다르게 보였다. 체리는 카시트에 앉아 얌전히 자고 있었다. 고요하게 잠든 얼굴은 달이 뜬 신비로운 호수 같았다.

"마님아, 차에서 내리는 거 도와줄까?"

올리버가 차 문을 열어주었고, 나는 손을 내밀어 올리버의 손을 잡았다. 조심조심 아래로 발을 디뎠다. 그런데 엉덩이가 의자에서 떨어지자마자, 왈칵하고 뜨거운 액체가 쏟아져 내렸다. 소변이었다. 하루 전 회복실에서 염려했던 일이 기어이 일어나고 말았다.

흐르는 소변을 멈추려고 다리에 힘을 주어봤지만 아무런 감각이 느껴지지 않았다. 머릿속에서 아무리 멈추라는 신호를 주어도, 아래 근육은 전혀 말을 듣지 않았다. 출산하는 반나절 동안 하체의 모든 근육이 힘을 다 써버린 탓이었다. 너무 큰 충격이었다. 내 몸인데 내 말을 듣지 않는다는 사실이, 대낮에 올리버 앞에서 소변을 보게 된 상황이 당황스럽고 혼란스러웠다. 결국 다리에 힘이 풀려 주저앉은 그 순간에도 소변은 내 의사와 상관없이 질질 흐르고 있었다. 입고 있던 레깅스가 다 젖어버렸다. 다리가 아파서 그러느냐는 올리버에게 수치스러운 상황을 설명해야 했다.

"미안해, 올리버. 나 오줌을 싼 것 같아. 그냥 막 나왔어. 안 멈춰. 미안해."

올리버도 크게 당황할 거라 생각했다. 그런데 예상과 달리 올리버는 특별한 반응 없이 새 수건과 바지를 가져오겠다며 집에 들어갔다. 침착한 올리버를 보자 신기하게도 좀 전의 수치심은 사라지고, 큰 감동이 밀려왔다. 내가 어떤 모습을 보이든 올리버는 개의치 않고 변함없이 나를 사랑해 줄 것 같았기 때문이다.

올리버의 시선

차에서 내린 마님의 두 눈이 갑자기 커지더니 두 다리가 그대로 얼어버렸다. 마님은 어쩔 줄 몰라 하며 오줌을 싼 것 같다고 말했다. 당황한 마님을 진정시킨 다음 냉큼 수건을 가져왔다. 수건으로 마님의 젖은 다리를 닦아주고 천천히 집으로 부축했다. 마님의 길고 느린 회복 과정이 막 시작된 참이었다.

어떤 한국 사람들은 미국 남편이 한국 남편보다 좀 더 따뜻하고 배려심 있다고 생각하는 것 같다. 하지만 많은 미국 부부가 출산 후 회복 기간 동안 자주 싸우고 심지어 이혼하는 경우도 많다고 한다. 출산 전부터 나는 이 주제에 신경이 쓰였다. 왜 그렇게 되는지 이유를 알고 싶어서 온라인 커뮤니티를 열심히 뒤졌고 아내들이 쓴 글을 읽을 수 있었다. '남편이 아이 돌보는 일을 충분히 도와주지 않는다', '남편이 육아를 같이하기 싫어서 집을 피하는 것 같다', '남편이 아직 성관계할 준비가 안 되었냐고 보챈다'와 같은 내용이었다. 비슷한 글을 읽으며 나쁜 남편에 대한 이야기를 접하다 보니, 왜 어떤 남자들은 참을성이나 공감 능력, 그리고 기본적인 책임감이 없을까 하는 생각에 덩달아 화가 나고 답답했다. 동시에 나도 그렇게 될까 두려워졌다.

뒤뚱거리는 마님을 부축해 집 안에 들어서며, 이것이 조금 더 괜찮은 남편이 되기 위한 첫 단계라고 생각했다. 이렇게 마님의 회복 과정에 처음부터 적극적으로 참여하고 마님이 겪는 고통을 최대한 함께 느끼려고 노력하면 내 참을성과 공감의 폭이 더 커질 거라고, 그러면 어려운 상황에서도 크게 스트레스를 받지 않고 예전보다 더 큰 사랑을 느낄 수 있을 거라고, 스스로 용기를 북돋았다.

부축을 받고 집 안에 들어온 마님은 마음이 한결 편해 보였다. 실수로 인해 부끄러움을 느낀 순간은 잠깐이었다. 우리 품에는 작고 소중한 아기가 안겨 있었다. 나는 체리를 안은 마님을 따뜻하게 안아주었다. 아기 체리가 느낄 행복 그리고 우리 가족 모두를 위해, 마님과의 사랑을 단단히 지켜내고 싶었다.

함께 울던 밤

올리버…울어?
왜?
훌쩍

체리가 너무 예쁘고
작고 소중해…
그래서 눈물이
자꾸만 나와…

괜찮아, 우리는 함께잖아
같이 잘 해낼거야
훌쩍-
훌쩍-
그렇게 우리는 껴안고 같이 울었다…

압도적인 사랑의 무게와 감동과 두려움

무거운 다리를 질질 끌며 현관에 들어섰다. 바지를 갈아입을 새도 없이 안방으로 가 올리버가 신생아 때 썼던 요람에 체리의 작은 몸을 눕혔다. 아빠가 누워 자던 자리에 곱게 누운 체리를 보자 묘한 감동이 찾아왔다.

요람에 누운 체리는 쌔근쌔근 잘도 잤다. 왕자와 공주, 닐라바와 크림을 차례대로 안방으로 불러 체리를 소개했다. 모든 동물 친구는 출산을 이미 눈치챘던 건지, 체리의 존재를 자연스럽게 받아들이는 것 같았다.

크림은 작은 요정처럼 뒷다리로 서서 한참 동안 체리를 바라보았다. 닐라바는 요람 사이에 코를 박고 킁킁거렸다. 왕자는 체리를 확인하자마자 창밖으로 고개를 돌려 경계 태세를 취했다. 공주는 냄새를 맡고 인사한 이후로 한순간도 체리에게서 눈을 떼지 못했다. 모두가 조심스럽게 체리가 누운 요람의 냄새를 맡고 체리와 교감하려 시도하던 그 장면은 너무나 동화 같았고 아름다웠다.

몇 차례의 수유를 끝내자 금방 날이 어두워졌고, 출산 후 처음으로 올리버와 나란히 침대에 누웠다. 출산 이후 이틀 동안 제대로 잠을 자지 못해 무척 피곤한 상태였다. 아마 내 인생에서 가장 피곤했던 날을 꼽으라고 하면 이날을 꼽을 것이다. 그럼에도 나는 수유를 위해 두 시간 뒤로 알람을 맞추었다. 짧은 시간 동안 최대한 숙면을 취해야겠다고 생각하며 눈을 감은 그때, 옆에서 훌쩍이는 소리가 들렸다. 처음엔 올리버의 코가 막혔나 했는데, 알고 보니 우는 것이었다. 연애와 결혼 기간 도합 6년 만에 올리버가 우는 모습은 처음 보았다.

"올리버, 울어? 왜 울어?"

질문하는 내 목소리도 왠지 울먹거렸다. 캄캄한 방 안에서 우리 둘 다 훌쩍이는 가운데, 체리의 작고 연약한 숨소리만이 정적을 채웠다. 올리버는 숨을 가다듬느라 바로 대답을 하지 못했다. 하지만 대답을 듣지 않아도 어떤 마음일지 짐작할 수 있었다. 소중한 존재와 완전히 사랑에 빠져버린 것이다. 그리고 그 사랑의 크기와 책임감의 무게에 그만 압도당했다. 이 소중하고 엄중한 것을, 과연 우리가 잘 지켜낼 수 있을까. 우리는 두려웠다. 너무 두려워 터져 나오는 눈물을 차마 참을 수 없었다.

올리버의 시선

체리가 태어나기 전 나는 좋은 아빠가 되기 위해 갖은 노력을 다 했다. 수많은 책과 영상을 찾아봤다. 주변에 아기가 있는 친구들과 많은 대화를 나눴다. 더 이상 새로운 지식을 찾을 수 없을 것 같다는 생각이 들 정도로 공부하자 어느 순간 좋은 아빠가 될 준비가 된 것 같았다.

하지만 그건 착각이었다. 내 팔뚝 길이도 안 되는 아기 체리를 요람에 처음으로 눕혔을 때, 오랫동안 쌓아온 자신감이 한꺼번에 허물어지는 느낌이었다. 이 천사 같은 고결한 아이를 억지로 세상에 데려온 건 아닐지 두려웠다. 연약한 몸으로 가는 숨을 내쉬는 체리는 스스로를 보호하거나 방어할 힘이 전혀 없는, 작고 작은 존재였다. 아기의 생명은 오로지 나와 마님에게 달려 있었다. 머리로만 알고 있었던 지식이 피부로 와닿았다. 엄청나게 무거운 책임감이 어깨를 지그시 눌러왔다.

'내 목숨을 내어주는 한이 있어도 반드시 이 아이를 보호해야 한다. 절대로 아이 곁을 떠나지 않겠다.'

굳은 결심을 하는 한편, 걱정에도 불이 붙었다. 그 불길이 점점 커져서 먼 미래에 있을 장애물에까지 가닿았다.

체리가 처음으로 걷다가 넘어지면 어떡하지? 체리가 감기에 걸리면 어떡하지? 학교에서 왕따 당하면 어떡하지? 남자 때문에 큰 상처를 받으면 어떡하지? 차 사고가 나면 어떡하지? 내가 이 세상을 체리보다 일찍 떠나면 어쩌지? 체리 옆에 영원히 있을 수가 없는데, 체리는 괜찮을까? 생각이 꼬리에 꼬리를 물었고, 어떤 생각은 너무 잔인했다. 무섭고 어두운 걱정의 독에 맥없이 빠져버렸고 눈물을 참을 수 없었다.

마냥 행복해야 하는 순간인데, 왜 내 마음은 이토록 흔들릴까? 그때 마님이 말을 걸어줬다. 마님에게 운 사실을 들키자 왠지 더 많은 눈물이 쏟아졌다. 이윽고 마님이 손을 잡아줬을 때, 마님도 나와 똑같은 생각을 하고 있음을 느꼈다. 그 순간 깨달았다. 체리를 키우는 이 중대한 임무는 혼자만의 일이 아니라는 사실을.

맞다. 나에게는 미션 파트너가 있다. 그러니까 실패 없이 잘할 수 있다. 미션 파트너 덕분에 눈물을 그치고 다시 미소를 지을 수 있었다. 자신감이 불끈 솟아올랐다. 혼자가 아니라 부모로서, 가족으로서, 팀으로서 앞으로 닥쳐올 모든 문제를 꿋꿋이 이겨낼 것이다.

You're my sunshine

어릴 때부터 자주 듣던 노래다. 네가 내 햇빛이라는 쉬운 가사와 단순한 멜로디 덕분에 습관처럼 흥얼거리곤 했다. 하지만 노래를 따라 부르면서도 가사의 의미를 느끼진 못했다. 올리버와 연애하고 결혼하는 순간에도 올리버를 보고 햇빛 같다는 생각을 해본 적은 없었다. 체리를 낳고 나서야 비로소 가사에 담긴 진정한 뜻을 이해할 수 있게 되었다.

체리를 집에 처음 데려온 순간부터 첫 4주는 말 그대로 지옥이었다. 산후 우울감을 부르는 호르몬이 내 몸과 정신을 완전히 장악했다. 호르몬은 원래 나와는 완전히 다른 새로운 자아를 빚어냈는데, 그 자아는 더욱더 완벽한 엄마가 되어야 한다며 매 순간 나를 채찍질했다. 체리를 안고 깨우고 젖을 물리는 모든 과정에서 생기는 아주 작은 실수에도 죄책감이라는 무시무시한 형벌이 내려졌다. 특히 온갖 노력을 기울였음에도 체리가 배부르게 먹을 만큼 충분한 젖이 돌지 않았는데, 호르몬이 만든 새로운 자아는 이걸 핑계로 스스로를 지독하게 괴롭혔다.

이제는 안다. 그건 그저 체리가 평균보다 많이 먹는 탓에 생긴 일이고 모유가 모자라면 분유로 보충해 주면 될 문제라는 것을. 하지만 그때는 논리적인 생각이 불가능했다. 자꾸만 최악의 엄마가 된 것 같았고, 스스로를 세상에서 가장 보잘것없는 존재로 여겼다. 닦아내고 닦아내도 눈물이 마를 새가 없었다.

우울감에 젖어 있던 나를 구원한 것은 항상 체리의 미소였다. 체리가 고개를 들어 환하게 웃어주는 순간, 내 마음을 뒤덮은 두꺼운 구름 사이로 빛이 내리쬐었다. 곧 모든 잡념이 사라지고 온 마음이 눈부시게 환한 빛으로 가득 찼다. 어둠이 닿을 자리는 일순간에 사라졌다. 아하, 이것이 햇빛이구나. 이 기분을 다르게 표현할 방법이 없구나. 그렇게 이 노래를 진심으로 음미하며 따라 부를 수 있게 되었다. 언젠가 체리도 알게 되겠지? 자신의 미소가 나의 삶에 이토록 강력한 동력이 되어주었다는 사실을.

올리버의 시선

체리가 태어나고 첫 4주는 너무 힘들었다. 체리는 자주 울었고, 가끔은 이유 없이 울음을 터트리고 오랫동안 멈추지 않았다. 잠에 들었다가도 한두 시간마다 깨서 체리에게 수유를 하고 트림을 시키고, 체온을 체크하고 다시 재우는 과정을 반복하면서 나와 마님 모두 지쳐갔다. 마님은 호르몬 탓인지 종종 감정적으로 위태로워 보였고, 나 역시 이성적으로 생각하지 못할 때가 자주 있었다. 미국에서는 이 4주의 기간을 지옥이라고 표현하는데, 딱 맞는 말이었다.

이 기간을 조금이라도 수월하게 이겨내기 위해 이따금 온라인 부모님 커뮤니티에서 정보를 구했는데, 거기에서 적잖은 충격을 받아야 했다. 아기가 지나치게 울 때마다 아빠가 아기에게 소리를 지르거나 짜증을 낸다는 내용의 글 때문이었다. 댓글은 더 충격적이었다. 많은 사람이 '우리 남편도 그래', '우리 와이프도 그래' 하며 공감하고 있었다.

아기에게 짜증 내면 안 된다고 생각하는 이유는 간단하다. 체리는 본인의 결정으로, 스스로 원해서 이 세상에 온 게 아니기 때문이다. 존재하지 않았던 체리를 우리가 초대했을 뿐이다. 체리는 우리에게 진 빚이 하나도 없으며 책임은 오로지 나와 마님에게 있다. 손님을 내 집에 초대해 놓고 화를 내는 사람은 세상 어디에도 없다. 그러니까 나도 체리에게 짜증을 낼 수 없는 것이다.

체리의 울음소리 때문에 짜증이 난 적이 없는 것은 아니다. 체리가 세상이 떠나가라 울고 보챌 때면 어쩔 수 없이 스트레스를 받았다. 가끔은 체리를 따라 울고 싶을 정도였다.

하지만 그 감정을 체리에게 떠넘기지 않으려 했다. 육아로 인한 스트레스가 머리끝까지 차오를 때마다, '아기들은 원래 이렇게 울어. 하지만 힘든 순간은 결국 지나갈 거야' 하며 스스로를 위로했다. 이 모든 고난이 좋은 아빠가 되기 위한 과정이자 연습이라고 생각했다. 이런 생각법은 예상치 못한 육아의 고난 앞에서 요동치는 마음을 다스리는 데 큰 도움이 되었다.

초대 손님의 의미

자식이 행복하면
대리만족이 된다는 말이
체리 낳기 전에는 전혀
이해가 안 됐거든

그런데 생각해보니까...
우리집에 초대받아 온 손님이
좋은 음식과 분위기로 만족해하면
뿌듯해지고 기쁜 마음이 들잖아
♪

체리를 낳고 보니까
아마 그 기쁨과 비슷한 종류가
아닐까 하는 생각이 들어
물론 강도는 차이가
있지만 말이야 ㅋㅋ

체리가 행복해하는 모습을 보며
이 세상에 체리를 초대한 사람으로서
뿌듯함과 기쁨을 느끼는 거지

게다가 이 작은
손님에게 무한의 사랑을
받잖아?
엄마…♥

이런 걸 보면
부모 자식 관계란 한쪽이
무조건 내어주기만 하는 관계도
아닌 것 같아.
그래서 참 재미있어…

육아,
무한의 플러스

체리를 즐겁게 육아하는 모습을 만화로 연재한 이후 많은 질문을 받았다. 임신 테스트기를 보고 울던 모습을 기억하는데, 어떤 심경의 변화를 겪고 육아를 즐겁게 할 수 있게 됐냐는 내용이었다. 아직 미혼이거나 아기를 갖지 않는 딩크 라이프를 결심한 분들의 궁금증이 특히 큰 것 같았다. 그러게, 이렇게까지 육아를 즐길 수 있을 거라곤 꿈도 못 꿨는데 무엇이 내 마음을 바꿔놓았을까?

생각해 보면 어릴 때부터 늘 부모는 감사한 존재라고 배웠다. 부모란 자식인 나를 위해 모든 것을 내려놓고 희생만 하는 존재. 실제로 우리 부모님은 나를 건강하고 쓸 만한 인간으로 키우기 위해 가늠이 안 될 정도로 많은 애를 쓰셨다. 어릴 때 기관지가 좋지 못해 청력을 잃을 뻔한 적이 있는데, 엄마가 매일 눈물을 삼키며 내 손을 잡고 시내버스를 타던 장면이 아직도 어제 일처럼 생생하다. 아빠는 공기 좋은 지역으로 이사가야 한다고 입버릇처럼 말씀하시며, 피곤은 잊은 채 밥 먹듯 야근하셨다.

임신 테스트기의 두 줄을 확인하고 두려운 감정이 들었던 것도 이런 이유 때문인 것 같다. 엄마가 되면 나보다 다른 사람을 최우선으로 두고 살아야 할 텐데. 지금껏 단 한 번도 진심으로 남을 위하며 살아본 적 없는 이기적인 내가 평생 낯선 존재를 위해 살 수 있을까? 그렇게 이타적인 삶이 나에게도 가능한 일일까? 스스로 여러 번 질문했지만, 한 번도 자신 있게 대답하지 못했다.

하지만 체리를 낳고 육아에 몰입하자 이제껏 품어온 두려움을 조금씩 잊게 되었다. '아름다운 모성애', '본능적인 희생' 같은 이유는 절대 아니었다. 체리를 키우면서 오히려 체리에게 감사한 순간이 더 많았기 때문이다. 육아를 시작한 후 나의 에너지와 시간을 오롯이 체리에게 쏟게 된 건 사실이다. 실제로 나를 위한 소비가 줄고, 모든 여가 시간을 체리를 위해 내주고 있으니 마이너스(-)인 셈이다.

하지만 마이너스에서 끝이 아니라, 이후로도 반전의 반전을 거듭하는 것이 육아였다. 체리가 웃으며 내 품에 와락 안길 때, 반짝이는 눈을 마주칠 때, 따뜻하게 손을 잡아줄 때, 귀여운 투정을 부릴 때, 못난 얼굴로 떼를 쓰며 엉엉 울 때, 내 품에 기대어 새근새근 잠잘 때… 체리와 함께하는 모든 순간이 나를 살아 있게 만들고 스스로를 가치 있는 인간이라 느끼게 만들었다. 체리가 내어주는 사랑 덕분에 나는 새벽 비로 촉촉하게 젖은 땅에 뿌리내린 장미처럼, 매일 생기 넘치는 하루를 보낼 수 있게 되었다. 그것은 확실히 플러스(+)였다. 그냥 플러스도 아닌 무한의 플러스! 앞으로도 이 아이는 나에게 기하급수적으로 늘어나는 플러스를 가져다주며 내 인생의 빛이 되어줄 것이다.

이 반전을 깨달은 순간, 나는 그렇게 행복할 수가 없었다. 나도 체리처럼 태어나자마자 엄마 아빠에게 큰 플러스를 가져다준, 그런 사랑스러운 존재였음을 깨달았기 때문이다. 이제까지 생각해 온 것처럼 나는 엄마 아빠의 희생을 먹고 자란 짐스러운 존재가 아니었다. 체리를 낳지 않으면 몰랐을 이 깨달음은 내 존재를 환하게 밝혀주었다. 체리의 육아도 내 존재도 더 많이 사랑할 수 있을 것 같았다.

모유
수유

엄마라는
이름으로

여자의 가슴은 아름답다. 봉긋하고 말랑말랑하고 따뜻하다. 그 위에 예쁜 젖꼭지도 달렸다. 그래서일까? 여자 가슴을 보면 야하다는 느낌도 든다. 사회적으로도 여성의 가슴을 성적 매력을 어필하는 신체 부위로 보는 시선이 있다. 특히 한국에서는 여자의 가슴골이 조금만 노출되어도 야하다고 여기는데, 그 때문인지 나 또한 오랫동안 내 가슴을 성적 매력을 어필하는 존재로만 생각했다.

그래서 다소 충격을 받았나 보다. 어, 내 가슴에 본래 기능이 따로 있었네? 체리를 낳고 가슴에서 모유가 나오는 순간, 사회적인 통념에 가려져 있던 내 가슴에 더 막중한 역할이 있었음을 처음으로 깨달았다. 체리를 안자마자 가슴에서 찌릿 젖이 도는 것이 느껴진다. 체리는 본능적으로 내 젖가슴을 찾고 그 속에서 평안을 찾는다. 남 앞에서는 꽁꽁 감추어야 했던 내 신체 부위가 체리 앞에서 무장 해제 된다. 그리고 체리의 살과 피를 만드는 양분을 제공해 주는, 세상에 없어서는 안 되는 존재가 된다.

내 피와 살로 만든 젖으로 체리를 살찌우며, 나는 우리가 인간이기 이전에 포유류임을 새삼스럽게 깨닫는다. 고양이, 강아지, 곰, 사자, 코끼리, 고래. 모든 엄마가 이렇게 젖을 물리며 새끼를 키우겠구나. 우리 존재는 크게 다르지 않구나. 그렇게 젖으로 이 세상 모든 포유류 엄마들과 연결된 기분을 느낀다. 그것은 어떤 성적 어필보다 강하고 아름다운 기능이다.

잘
자라
우리
아가

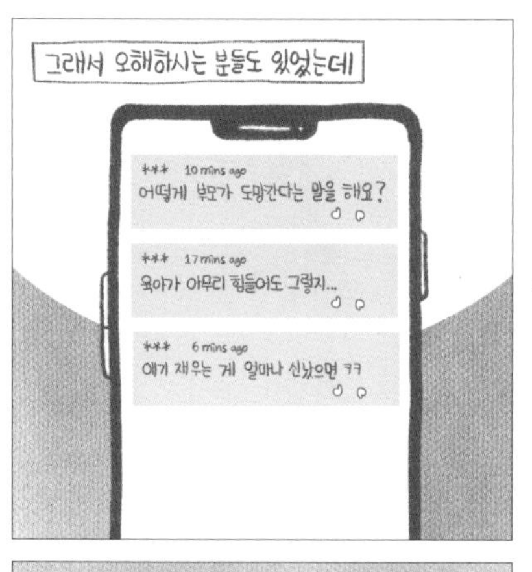
그래서 오해하시는 분들도 있었는데
*** 10 mins ago
어떻게 부모가 도망간다는 말을 해요?
*** 17 mins ago
육아가 아무리 힘들어도 그렇지...
*** 6 mins ago
애기 재우는 게 얼마나 신났으면 ㅋㅋ

하지만 현실 속 10분 뒤...
체리 잠 들었나?
응, 이제 잠든 것 같아
베이비 모니터 보는 중

벌써 보고싶어
나두... ㅋㅋ

미국식 수면 교육

저녁 8시쯤, 하늘이 어두워진다. 체리는 익숙한 듯 하늘을 바라보며 혼잣말을 한다.

"엄마, 밤이 오고 있어. 이제 잘 시간이야."

우리는 체리의 손을 잡고 화장실로 들어가 이를 닦이고 세수를 시킨다. 그리고 체리 방에 들어가 책 한 권을 읽고, 자장가를 불러준 후 마침내 작은 몸을 침대에 눕힌다.

"사랑해, 체리야."
내가 말한다.

"사랑해, 체리야."

올리버가 말한다.

"엄마, 사랑해요. 아빠, 사랑해요."

체리가 말한다.

그렇게 몇 번이고 사랑한다는 인사말을 나눈 후 우리는 쌩 돌아 방을 나간다. 사랑한다고, 오늘 너무 재미있었다고 소리치는 체리에게 간단하게만 화답하고 문을 닫는다. 끝이다. 그렇게 하루치 육아를 마무리한다.

아이를 독립된 방에서 스스로 잠들게 하는 것, 이것이 바로 미국식 수면 교육이다. 한국에서는 대략 여섯 살까지 아기가 엄마 아빠와 한 침대에서 잔다고 하는데 우리는 체리가 집에 온 첫날부터 분리 수면을 시도했다. 갓난아기 때는 같은 방에서 다른 침대에, 5개월 즈음부터는 아예 다른 방에서 재웠다.

수면 교육의 성공법은 의외로 간단하다. 아직 시간 개념이 부족한 아이를 위해 매일 잠자는 시간을 철저하게 지키고, 의식처럼 똑같은 패턴의 행동을 반복하는 것이다. 체리의 잠자는 시간은 8

시이므로 우리는 7시 30분부터 체리를 목욕시키고, 양치질을 하고, 책을 읽어주고, 수면 등을 켜고, 자장가를 불러준 뒤 침대에 눕힌다. 일련의 과정을 체득한 체리는 목욕 시간부터 이미 자신의 수면 시간이 다가오고 있음을 안다. 마음의 준비가 되어 있기 때문에 혼자 침대에 눕더라도 불안해하지 않고 잠에 든다.

분리 수면을 영상으로 공개한 이후 많은 분이 이런 교육 방식에 적응이 어렵진 않았는지 물어왔다. 사실 쉽지는 않았다. 특히 아이의 백일 전까지는 나도 젖을 먹이며 잠들고 싶었던 적이 한두 번이 아니다. 하지만 수면 교육에 대한 올리버의 의사는 단호했다. 수면 중이던 영아가 호흡곤란으로 사망하는 영아돌연사증후군을 크게 염려했다. 자칫 밤사이 체리를 잃을 수도 있다는 상상만으로도 등골이 오싹했다. 분리 수면이 그런 사고를 예방할 수 있다는 말에 나 또한 적극 동참하기로 했다.

신데렐라처럼 8시가 되면 땡 하고 침대에 눕고, 다음 날 아침이 되면 밝은 미소로 우리를 반기는 체리. 햇살 같은 체리의 미소로 아침을 시작하며, 나는 매일 분리 수면을 예찬한다. 분리 수면 만세!!!

우리의 새로운 취미

두개골 비대칭 진단을 받은 체리
?!
얼굴 전체에 스타킹을 씌우고 360도 검진 중

그래서 매일 24시간 헬멧을 써야했는데...
아이고... 체리 땀 좀봐...
헥-
헥-
힝... 너무 안쓰러워...

하지만 마침내 교정헬멧을 벗기고...
분홍색 머리띠 해볼까?
좋아!!

우리에게 새로운 취미가 생겼다
와아...
하아...

이번에는 꽃 핀을 꽂아 주자!
꺄핫!

치명적으로
귀여워!
쿵
쿵

빨간 헬멧
꼬마아가씨

체리가 4개월이 되었을 때 정기 검진을 받으러 병원을 찾은 우리는, 체리의 두개골이 비대칭이라는 소견을 받았다. 나 역시 어릴 때부터 경미하지만 두개골 비대칭 문제가 있었고, 이 때문에 턱을 크게 벌리기가 어렵고 한쪽 코가 막히는 등 불편을 겪어야 했다. 교정 헬멧이라는 치료법이 있다는 것을 안 순간, 망설일 이유가 없었다. 돈이 들더라도 체리에게는 그런 어려움을 주고 싶지 않았기에 바로 헬멧을 주문했다.

공장에서 막 제작되어 나온 하얀 헬멧은 두툼한 붕대처럼 투박했다. 헬멧을 쓰기 전까지는 체리를 안고 장을 보거나 길을 걸으면 지나가는 사람마다 아기가 예쁘다는 칭찬을 해주었는데, 그런 일상이 멈추었다. 붕대 같은 헬멧을 쓴 아이가 너무 안돼 보였는지 사람들은 체리에게 시선을 주지 않았다.

뭔가 조치를 취하고 싶었던 나와 올리버는 빨간 물감과 코팅제를 샀다. 어린아이에게 해가 되는 물질이 일절 들어 있지 않은 제품을 찾느라 가게에서 몇 시간을 보냈는지 모른다. 체리가 잠을 자는 사이, 빨간색으로 알록달록 헬멧을 칠하고 한글로 '체리' 글자를 써넣었다. 다음 날 아침, 잠이 깬 체리에게 젖을 먹이기도 전에 헬멧을 씌웠다. 빨간 헬멧을 씌우니, 탐스러운 과일 체리처럼 어찌나 예쁜지.

물론 체리의 헬멧 여정이 수월했다는 뜻은 아니다. 체리는 잠잘 때나 밥 먹을 때, 낮이고 밤이고 머리를 꽉 조이는 헬멧을 써야 했다. 무더위가 기승인 한여름도 예외는 아니었으니 샤워할 때 잠깐 헬멧을 벗기면 쿰쿰한 땀 냄새가 코를 찔렀다. 작은 아기가 얼마나 답답하고 힘들었을까. 올리버는 매일 알코올로 헬멧 안쪽을 닦아내며 소독했는데, 그때마다 울음을 참으려고 애쓰는 표정이었다.

시간이 흘러 마침내 헬멧을 졸업하는 날. 체리의 두상이 잘 교정됐다는 의사 선생님의 말씀에 환호하며 헬멧을 벗겼다. 대낮에 체리의 까만 머리칼을 볼 수 있다는 것만으로도 감사했다. 아직 걷지도 못하는 체리도 상황을 파악했는지 시원하다는 듯이 머리를 만지며 활짝 웃었다.

그날 이후 체리 방 서랍장 가장 위 칸에는 핀과 머리띠가 하나둘 채워졌다. 체리 모양 핀, 리본 핀, 나비 핀, 무당벌레 핀, 분홍색 머리띠, 밴드 머리띠, 리본 머리띠, 동그란 머리 방울 등등… 그동안 못 해본 억울함을 풀듯 우리는 헬멧을 벗은 아기 체리의 머리를 아기자기한 핀과 머리띠로 실컷 꾸며본다. 매일 쓰던 답답한 헬멧을 기억하는 걸까? 여전히 체리는 머리를 덮는 모자보다 시원한 핀과 머리띠를 더 좋아한다.

체리의 말과 관련된 질문을 종종 받는다
4:03
Comments
김XX · 10mins ago
체리는 말을 너무 예쁘게
하네요…?
비법 같은 게 있을까요?
오호…?

음…
그러게
솔직히
대단한 철학은
없지만…

아마도 체리는 우리의 대화를 듣고 따라하는 것 같다
다윤아
커피줄까?
응! 아이스
아메리카노!!
고마워!!

이름을 부르니까

258

며칠 전에는 내 이름을 불렀다.
다운아!
다운아!
께끼랑
짠할까?

당황스러울 줄 알았는데 엄마이기만 했던 내 존재가
뭐? ㅋㅋ
엄마에게
다운아?
ㅋㅋ
ㅋㅋ

같은 인간으로서 친구도 된 느낌이 들었다.
나는 체리
나는 다운이

체리의
말말말

두 살 체리의 작은 손을 잡고 장난감 가게에 갔다. 오늘 살 장난감의 주인공은 체리가 아니라, 생일을 맞은 다른 친구였다. 장난감이 줄지어 놓인 진열대 앞에 서서 체리는 좀처럼 입을 다물지 못했다. 난생처음 보는 알록달록한 인형, 휘황찬란한 장난감을 전부 만져보고 갖고 놀고 싶었을 것이다. 한참 가게를 서성거리던 체리는 이내 요리 도구 장난감 앞에 멈추어 서더니, 조금은 애절한 눈빛으로 나를 올려다보며 말했다.

"와! 예쁜 장난감이네요! 체리도 똑같은 것 갖고 싶어요."

나는 이런 체리의 행동이 귀엽다고만 생각했다. 그런데 올리버의 영상에서 이 장면을 본 사람들이 신기하다는 반응을 보였다. 어떻게 '사주세요'가 아닌 '갖고 싶어요'라고 말하냐는 것이었다. 생각해 보니 두 표현은 비슷하지만 큰 차이가 있다. '사주세요'는 자신의 욕망을 표출하는 일방적인 말이지만, '갖고 싶어요'는 자신에게 욕망이 있다는 정보를 상대에게 알려주는 말이다.

체리가 왜 이런 화법을 구사할 수 있는지 곰곰이 생각해 보니 나와 올리버가 평소 대화하는 방식에 영향을 받은 것 같다. 우리는 체리에게뿐만 아니라 서로에게도 직접적인 명령어를 잘 사용하지 않는다. 예를 들면 '물 좀 줘' 대신에 '물 좀 가져다줄 수 있을까?'라고 한다든지, '밥 좀 더 먹어' 대신에, '아직 따뜻한 밥이 많이 남았어'라고 말하는 것이다. 대단한 교육 철학 때문은 아니고, 명령어보다 완곡한 표현이 상대의 의사를 더 존중하는 것처럼 느껴져서 그렇다. 완곡한 표현을 쓰면 말하는 나도, 듣는 상대방도 서로를 조금 더 배려한다는 느낌이 든다.

체리도 나와 비슷하게 느끼는 걸까? 이따금 나와 스킨십을 하고 싶을 때면 "엄마, 체리는 엄마에게 뽀뽀하고 싶어요" 하고 말한다. 그럼 나는 기다렸다는 듯 체리를 와락 안는다. 체리는 꺄르르 웃으며 나의 양 볼, 목덜미, 이마, 코에 빠짐없이 뽀뽀 세례를 퍼붓는다. 나는 그렇게 세상에서 가장 행복한 엄마가 된다.

유산은 흔한 아픔이지만 결코 가볍지 않은 아픔이었다
흑흐흐흑...
그래서 감정이 무너지는 모습을 최대한 감추고 싶었다

하지만 결국 시부모님께 이 소식을 알려야했고...
엄마, 두번째 천사가 하늘나라 갔대
응... 그런데 금방 돌아올거야
우리 둘 다 건강하니까
...

많은 질문과 위로의 말씀이 예상되어 긴장이 되었다
어떻게 그런 일이 있었니...
몸은 어때 아직 많이 아프니?
너무 슬퍼마렴.
대답하다가 격해져서 울까봐
조금 긴장이 되는데...

263

그저 안아줘서
고마워요

264 어릴 때 나는 상처받은 친구들을 잘 위로하는 편이었다. 축구하다 넘어져서 다친 친구, 숙제를 안 해서 선생님께 혼난 친구, 짝사랑 상대에게 고백을 거절당한 친구 등등… 친구들의 아픔을 듣고 공감하고 위로해 주는 일이 크게 어렵지 않았다. '괜찮아?' 하는 따뜻한 말과 위로하고자 하는 진심만 있으면 되는 일이었다.

그런데 어른이 된다는 건 나이만 느는 게 아닌가 보다. 살면서 마주하는 아픔 역시 어릴 때 겪었던 것과는 비교할 수 없을 만큼 크고 복잡해진다. 때로는 괜찮냐는 위로도 선뜻 건네지 못하고 삼켜야 할 만큼….

지난겨울, 우리는 몇 달간 기다려온 두 번째 아기 천사를 맞이했지만, 얼마 못 가 유산했다. 나는 이 소식을 부모님에게 전할 용기가 차마 나지 않았고, 결국 올리버가 나 대신 소식을 전해드렸다.

다음 날 시어머니 시아버지를 뵈었을 때, 나는 긴장이 되었다. 시어머니가 건넬 '괜찮니?'라는 말에 슬픔을 참지 못할까 봐, 참았던 눈물이 왈칵 터져버릴까 봐 걱정되었다. '어쩌다가 그런 일이 생겼니?'라는 걱정 어린 질문에 엄한 죄책감이 밀려올까 봐 무서웠다.

하지만 예상과 달리 두 분은 유산과 관련된 어떤 언급도 하지 않으셨다. 평소와 똑같이 행동하셨고 헤어질 때는 그저 말없이 나를 꼭 안아주셨다. 그 흔한 '괜찮지? 괜찮아. 잘될 거야' 하는 말도 없으셨다. 나는 그 속에서 오히려 더할 나위 없는 온기를 느꼈다. 나를 사랑하는 가족이 바로 여기 있음을. 가족의 따뜻한 사랑 속에서 내 아픔은 금방 회복되리라는 것을….

약속 할게

오랜만에 품에 안아본 내 아기
우리 아기 체리
쪽
쪽
쪽
쪽
쪽
쪽
꼬옥-
이제는 절대 헤어지지 않을 거야

오랜만에 쓰다듬는 우리 털아기들…
먀먀~
끼잉
꺄잉
아이고 우리 털 아기들
엄마가 많이 보고 싶었지?

걱정마, 얘들아 엄마가 약속해
꼬~옥
이제는 절대로 헤어지는 일이 없을거야

다시는
헤어지지 말자

지난해 12월, 한국에 갔다가 항공사로부터 미국 입국을 거절당하면서 우리는 강제로 이산가족이 되었다. 우리의 헤어짐이 몇 주가 될지 몇 달이 될지, 언제 다시 체리를 안아볼 수 있을지 전혀 가늠할 수 없는 상황에 놓이자 나는 이성을 잃고 눈물을 쏟았다. 그런데 슬픔과 동시에 올리버를 향한 질투심이 마구 커졌다. 심지어는 올리버가 미운 마음마저 드는 게 아닌가. '나에게 없는 체리가 올리버에게는 있잖아? 너무 부럽다. 체리와 헤어져야 하는 엄마의 심정을 올리버는 알까?' 정말이지 앞뒤도, 밑도 끝도 없는 황당한 생각이었다.

내 생각이 잘못되었음을 깨달은 건 두 사람과 헤어진 지 일주일

쯤 되었을 때다. 영상통화 화면 속 올리버의 얼굴은 몰라보게 수척해져 있었다. 올리버는 13시간 비행 내내 엄마를 잃어버린 18개월 아이의 투정에 시달렸고, 미국에 도착한 후에도 눈 붙일 틈조차 없이 나의 귀국을 도울 변호사를 알아보러 뛰어다녔다. 체리 육아와 업무 역시 평소처럼 소화해 내야 했다. 초인이 아니고서는 해낼 수 없는 양의 과제였다. 지구 반대편의 올리버도 나와 비슷한 지옥을 경험하고 있었다.

올리버와 내가 이 지옥에서 빠져나오려면 이 문제가 하루빨리 해결돼야 했다. 그런데 변호사들조차 이런 사례는 생소하다며 뾰족한 답을 내놓지 못했다. 그나마 찾아낸 방법도 두세 달을 기다리는 것이었다. 하루라도 빨리 가족들을 만날 방법이 없을지 머리를 맞대고 고민하던 그때, 마침내 올리버가 기가 막힌 방법을 떠올렸다.

"항공사가 막아선다면 두 발로 직접 걸어가는 건 어떨까?"

그렇다. 하늘길 대신 육로로 국경을 건너보자는 생각이었다. 나는 곧바로 캐나다행 비행기표를 끊었다. 미국으로 곧장 갈 수 없으니 캐나다로 건너간 후, 거기에서 육로로 미국 국경을 넘어볼 계획이었다. 여러 변수가 예상되었다. 캐나다 공항에서부터 거절 당할수도, 미국 국경에서 거절당할 수도 있었다. 하지만 새로운 가능성을 발견함과 동시에 내 마음은 한결 편안해졌다. 혹시 모를 난관에 대한 걱정보다는 체리와 올리버를 다시 볼 수 있다는 설렘이 훨씬 컸나 보다.

캐나다행 비행기에서 내린 후 마주한 첫 번째 관문. 공항에 마중 나온 올리버의 손을 잡고 캐나다 국경 경찰의 검문을 통과했다. 이제는 미국 국경만 넘으면 돼. 뚜벅뚜벅 걸어서 2차 관문인 미국 국경으로 향했다. 미국 국경 경찰은 내 이야기를 듣고는 망설임 없이 통과시켜 주었다. 합법적인 영주권자이니 전혀 문제없다고 했다. 몇 주간 괴로워하던 것이 무색하게, 너무나 쉽고 간단한 입국 허가였다.

내 아기 체리는 3주 전보다 조금 더 자라 있었다. 바로 와락 안고 뽀뽀 세례를 퍼부었다. 다시는 혼자 두지 않겠다고 기도하는 마음으로 체리에게 밀린 뽀뽀를 하고 또 했다. 왕자와 공주도 꺼이꺼이 울며 뛰어오더니 마구 뽀뽀를 퍼부었다. 너무 보고 싶었다고, 다시는 떨어지지 말자고 말하는 것 같았다. 그래, 이제는 절대 헤어지는 일 없을 거야. 이 악몽 같은 에피소드는 가족의 소중함을 더 깊이 깨닫게 해준 값진 수업이라고 믿기로 하자.

참 오랜만에 우리 집 침대에 몸을 뉘었다. 올리버는 지난 3주간 한 번도 제대로 세수하고 양말을 벗고 자본 적이 없단다. 그날 올리버는 내 옆에서 아주 큰 소리로 코를 골며 잤다. 그 모습을 보며 앞으로 하루도 빠짐없이 매일 올리버의 코골이를 들으며 자고 싶다고 생각했다. 그러곤 스르르 단잠에 빠졌다.

행복한 고민

친정엄마랑 영상통화로 수다떨던 중...
있다 아이가 오늘 니한테 물어볼 게 있다...
쓱스-
오잉... 먼데?

체리 온다고 집청소 하다가 니 옛날 사진 찾았데이!
억수로 이쁘지 않나? 내가 옷도 잘 입힜재?
초딩 시절 사진
하하하 엄마 센스 좋았네

그래서 말인데... 니 딸이 더 이쁘나
새침
아니면 내 딸이 더 이쁘나
...뭐?

무심코 대답하려던 순간...
아니 그거야
당연히 내 딸이...

엄마의 딸은 나였다
!!!

니 왜 웃기만 하고
대답 안해주노!
누가 더 이쁘노!!!
하하하..
내가 뭐라고 대답하든지
엄마가 너무 행복해할 것 같아서 좋았다

272

나와
엄마 아빠와
체리

체리가 태어난 이후 나의 일상은 눈코 뜰 새 없이 바빴다. 원래 하던 업무와 체리 육아만으로도 24시간이 부족했지만, 체리가 자라고 크는 모든 과정을 감사하고 행복하게 바라보는 데에도 많은 시간을 할애해야 했다. 어느 순간 나에게는 '체리 엄마'의 역할만 남아 있는 것 같았다.

어느 날 평소처럼 엄마와 영상통화를 하고 있었는데, 엄마가 갑자기 장난스러운 표정을 짓는다. 질문을 할 테니 대답을 잘 해보라고 한다. 그렇게 장난스럽고 부끄러운 표정의 엄마는 처음이었다. 그만 웃고 질문을 해보라는 나의 재촉에 조심스레 입을 열던 엄마.

“네 딸이 더 이뻐나, 내 딸이 더 이뻐나?”

체리 엄마로서 주저 없이 내 살과 피로 빚어 낳은 나의 아기가 가장 예쁘다고 대답하려던 찰나, 생각해 보니 엄마에게는 본인 살과 피로 빚은 아기가 가장 예쁘겠다. 그러고 보니… 엄마의 세상 예쁜 그 아기는 바로 나다. 나는 대답 대신 웃음만 지었다. 그러네, 엄마 노릇 하느라 잊고 있었는데, 나도 엄마 아빠의 세상 가장 예쁜 아기였구나.

실제로 올리버와 체리만 미국에 돌아가고 혼자 한국에 남았을 때, 나는 잠시나마 엄마의 역할을 내려놓고 누군가의 딸로 돌아갈 기회를 얻었다. 캐나다행을 결정하고 마음이 편해진 이후로는 엄마와 매일 데이트를 했다. 체리와 함께 가는 건 꿈도 못 꿀 예쁜 카페와, 초밥집에도 가봤다. 아빠는 내가 어릴 때 그러셨던 것처럼 퇴근길에 통닭과 맥주를 사 오셨다. 처음으로 아빠와 단둘이 맥주를 마시며 수다를 떨었다. 엄마가 되는 바람에 그동안 못 부렸던 어리광도 잔뜩 부려봤다.

체리와 올리버가 보고 싶어 눈물만 쏟던 시간은 그렇게 엄마 아빠와 도란도란 대화하는 시간으로 바뀌었다. 가족과의 이별로 마음에 생긴 깊은 상처에는 어느새 부모님의 사랑으로 새살이 돋고 있었다. 지금까지도 가늠도 못했던 내가 받은 사랑의 크기를 나도 엄마가 되어서야 느낀다. 내가 체리를 끔찍하게 사랑하는 만큼, 나도 딱 그만큼의 사랑을 엄마 아빠에게서 받았겠구나.

★텍사스 떠나 한국으로★

체리와 처음 같이 입어본 한복

신나서 한옥을 뛰어다니던 체리

2022년 가을, 방송 촬영이 있어 겸사겸사 경주를 방문했다. 경주는 나와 올리버가 결혼식을 한 곳인데, 몇 년이 지나 체리와 함께 찾으니 우리 가족에게는 더 뜻깊은 지역이 되었다.

제작진들이 준비해 주신 한복을 입고 온몸으로 한국에 온 기분을 느끼며 즐거운 하루를 보냈다. 체리도 처음 입는 한복이 마음에 쏙 들었는지 유난히 펄쩍 펄쩍 뛰어다녔다. 신난 아기 원숭이처럼 이리저리 도망가는 체리를 겨우 붙잡아서 남긴 사진 한 컷. 셋이 함께 남긴 사진 한 장 한 장이 소중하다.

할아버지, 할머니, 엄마, 아빠, 체리

한국 가족 완전체가 모인 모습. 식당에서 마주친 전신 거울에 온 가족이 비친 모습을 보고 카메라를 꺼내들 수밖에 없었다. 코로나 때문에 체리가 18개월이 되어서야 처음 한국을 방문했는데, 체리는 영상통화로만 접하던 할머니와 할아버지 얼굴을 바로 알아봤다. 무뚝뚝한 찐 경상도인 엄마 아빠가 체리 앞에서는 무장해제 되어서 갖은 애교를 부리고 혀 짧은 목소리를 내는 모습은 참 사랑스럽다. 한 아이가 온 가족에게 안겨 주는 행복이 바로 이런 거구나 싶다.

여의도 밤거리를 누비던 체리

체리는 한국의 밤거리를 신기해했다. 미국에서는 8시만 되어도 거리가 깜깜해지

팬들과의 만남

고 사람들이 모두 집에 돌아간다. 체리는 을씨년스러운 느낌까지 풍기는 휑하고 어두운 거리를 거의 걸어본 적이 없었다. 그런데 한국에서는 밤에도 마음껏 돌아다닐 수 있다니, 이런 별천지가 있나.

마침 선물받은 반짝이 신발은 여의도 밤거리를 신나게 뛰어다니기 안성맞춤이었다. 마구 걷고 뛰고 춤을 춰도 발에 흙이 묻지 않았고, 위험한 사람도 보이지 않았다. 다시 미국에 돌아갔을 때, 밤마다 밖에 나가고 싶어하는 체리를 말리느라 애를 먹어야 했다는 건 비밀 아닌 비밀이다.

첫 책을 내고 하게 된 팬 사인회. 많은 인파에 체리가 놀라진 않을까 걱정도 되었지만, 한창 엄마 아빠를 찾는 18개월짜리 아이를 놓고 가기는 불안하다는 올리버 말에 따라 체리와 함께 팬분들을 만나게 되었다. 모든 분들이 예

사인회가 남긴 보물

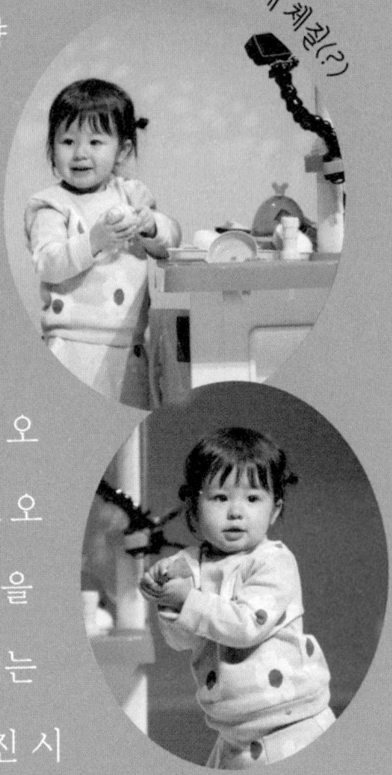

체리는 무대 체질(?)

의 바르고 친절하셨고, 특히 체리를 향해 사랑 가득한 눈빛을 보내며 다정하게 말을 걸어주셨다.

아침부터 제주도에서 비행기를 타고 오셨다는 분, 직장 인터뷰를 포기하고 오셨다는 분, 막 백일이 된 아기를 데리고 오신 어머니까지. 잠깐이라도 우리 얼굴을 보기 위해 번호표를 하나씩 쥐고 오시는 분들에게 감사한 마음뿐이었다. 주어진 시간이 짧아서 얼마나 죄송하던지, 눈물을 참으려고 애썼던 기억이 난다.

팬분들의 이름이 적힌 꼬깃꼬깃한 번호표를 일일이 펴서 정리한 뒤, 하나도 버리지 않고 미국으로 가져왔다. 지금까지도 마음이 힘들 때마다 열어보는 소중한 보물이다. 언젠가 체리도 이 번호표를 보고 그때 일을 떠올릴까? 체리가 좀 더 말을 잘하게 되면 꼭 물어봐야겠다.

2023년 여름 휴가를 제주도에서 보낸 체리

북토크가 있던 날, 체리와 무대 위에 함께 올랐다. 혹시나 많은 사람을 보고 놀라거나 울지는 않을까, 그러면 수습하느라 정신이 없을 텐데, 걱정도 많았다. 그런데 팬분들의 따뜻한 시선과 애정 어린 관심을 느꼈는지, 오히려 기분이 좋아진 체리. 심심하지 말라고 주방 장난감을 설치해 두었는데, 관객석에 앉아 있었던 이모 팬들과 교감을 하고 싶었는지 장난감을 가져와 삐죽 내밀기까지 했다. 예상 못한 돌발행동이었는데, 너무 귀여워서 불평하는 이가 아무도 없었다.

두 살이 넘은 체리는 영어, 한국어 모두에 입이 열려 못 하는 말이 없어졌다. 집에서는 틈만 나면 한국 여행에서 있었던 일들을 이야기했는데, 그 이야기를 매일 듣던 시어머니 로희 여사의 마음에 자연스럽게 한국에 가고 싶다는 생각이 싹텄나 보다. 그렇게 시어머니를 모시고 간 제주도에서 한국 가족과 다 함께 늦은

제주도에서 만난 기적, 파랑이의 초음파 사진을 보는 로희 여사와 나

여름휴가를 보냈다. 체리 머릿속에서 두 개로 나뉘었던 한국과 미국 세계관이 하나로 통합되는 순간이었다. 체리는 왼손에는 한국 할머니, 오른손에는 미국 할머니 손을 잡고 걸으며 너무나 행복해했다. 오랫동안 눈에 담고 싶은 보석 같은 장면이었다.

제주도 여름휴가에서 가장 잊지 못할 장면을 꼽으라면 바로 이 때가 아닐까? 두 번째 아기를 일찍 하늘나라로 보낸 이후, 다시 한번 두 번째 아기 파랑이가 우리에게 찾아왔고 온 가족에게 이 소식을 알릴 수 있었다. 멋진 곳에서 친정 엄마와 시어머니 모두에게 동시에 임신 소식을 알릴 수 있는 운 좋은 여자가 세상에 또

동문시장에서 내 품에 꼭 안긴 체리

어디 있을까? 두 번째 아기 소식에 시어머니 로희 여사와 친정 엄마는 뛸 듯이 기뻐하셨다. 언어와 문화가 다르고 말은 통하지 않아도 손주의 기쁨은 눈빛으로 통했다. 이것의 손주의 힘이구나, 생각했다.

친정 엄마는 둘째가 생기기 전에 체리에게 더 많은 사랑을 주라고 당부하셨다. 어쩐지 풀 죽은 표정으로 덧붙이신 말씀은, 당신이 둘째를 낳은 이후 큰아이에게 소홀해져 평생 미안함을 안고 산다는 것이었다. 첫째인 나에 대한 미안함을 표현하는 말이었다. 평생 들어보지 못했던 엄마의 속마음. 은근한 표현 속에서 나에게 미처 못다 주신 달콤한 사랑을 읽었다. 엄마 말씀대로 체리에게 더 자주 사랑을 표현해 주리라 마음먹었다.

체리는 동생이 생긴다는 사실을 이해했는지 평소처럼 나에게 안기려 들지 않았다. 내 체력이 약해졌음을 이 작은 아기가 느꼈나 보다. 미안해진 마음에 체력이 돌고 틈이 날 때마다 체리를 안아주었다. 체리는 자기가 무거우니까 내려놓아도 된다면서도 행복해서 어쩔 줄 몰라 한다. 두 살 꼬맹이가 벌써 철이 든 것 같다. 두 살이었던 나를 보는 것 같아 왠지 짠해지고 미안해지고 사랑스럽고… 그렇다.

체리야, 다음에는 동생이랑 또 제주도에 놀러 오자. 부족함이 느껴지지 않게 엄마가 더 재미있게 놀아줄게. 약속할게.

당도 100퍼센트의 행복

초판 1쇄 인쇄 2023년 11월 8일
초판 1쇄 발행 2023년 11월 15일

지은이 정다운, 올리버 그랜트
펴낸이 김선식

경영총괄이사 김은영
콘텐츠사업본부장 박현미
책임편집 노현지 **책임마케터** 문서희 **디자인** 어나더페이퍼
콘텐츠사업9팀 강지유 **편집관리팀** 조세현, 백설희
저작권팀 한승빈, 이슬, 윤제희
마케팅본부장 권장규 **마케팅4팀** 박태준, 문서희
미디어홍보본부장 정명찬
영상디자인파트 송현석, 박장미, 김은지, 이소영
브랜드관리팀 안지혜, 오수미, 문윤정, 이예주
지식교양팀 이수인, 염아라, 김혜원, 석찬미, 백지은
크리에이티브팀 임유나, 박지수, 변승주, 김화정, 장세진
뉴미디어팀 김민정, 이지은, 홍수경, 서가을
재무관리팀 하미선, 윤이경, 김재경, 이보람, 임혜정
인사총무팀 강미숙, 김혜진, 지석배, 황종원
제작관리팀 이소현, 최완규, 이지우, 김소영, 김진경, 박예찬
물류관리팀 김형기, 김선진, 한유현, 전태환, 전태연, 양문현, 최창우, 이민운

펴낸곳 다산북스 **출판등록** 2005년 12월 23일 제313-2005-00277호
주소 경기도 파주시 회동길 490 다산북스 파주사옥 3층
대표전화 02-704-1724 **팩스** 02-703-2219 **이메일** dasanbooks@dasanbooks.com
홈페이지 www.dasanbooks.com **블로그** blog.naver.com/dasan_books
종이 아이피피 **인쇄 및 제본** 한영문화사 **코팅 및 후가공** 평창피앤지

ISBN 979-11-306-4716-6 (03810)

다산북스(DASANBOOKS)는 독자 여러분의 책에 관한 아이디어와 원고 투고를 기쁜 마음으로 기다리고 있습니다. 책 출간을 원하는 아이디어가 있으신 분은 다산북스 홈페이지 '투고원고'란으로 간단한 개요와 취지, 연락처 등을 보내주세요. 머뭇거리지 말고 문을 두드리세요.